Artemio de Valle-Arizpe
LEYENDAS MEXICANAS

Artemio de Valle-Arizpe
LEYENDAS MEXICANAS

Prólogo de José Luis Martínez

Leyendas mexicanas
D.R. © Herederos de Artemio de Valle-Arizpe

D.R. © Editorial Lectorum, S.A. de C.V., 2001.
Antiguo Camino a San Lorenzo 220
C.P. 09830, México, D.F.
Tel.: 56 12 05 46
www.lectorum.com.mx
ventas@lectorum.com.mx

> L.D. Books
> 8233 NW 68 Street
> Miami, Florida, 33166
> Tel. 406 22 92 / 93
> www.ldbook.com
> ldbooks@bellsouth.net

Primera edición: octubre de 2001
Segunda reimpresión: julio de 2003

ISBN: 968-5270-52-X

D.R. © Prólogo: José Luis Martínez
D.R. © Portada: Raúl Chávez Cacho

Características tipográficas aseguradas conforme a la ley. Prohibida la reproducción parcial o total sin autorización escrita del editor.

Impreso y encuadernado en México.
Printed and bound in Mexico.

ÍNDICE

Prólogo..9
Florecilla franciscana...25
El armado..31
Caras vemos, corazones no sabemos.................38
El puente del Clérigo...47
La paga del fraile..53
Esta es la leyenda de la calle de la Joya............63
Sol y Luna en conjunción..................................70
Por senderos ocultos..77
La cruz verde..84
El callejón del Muerto.......................................91
La dama viajera..97
De por qué la calle de El Puente del Cuervo se llamó así...104
La cruz de Santa Catarina................................113
Los galardones del mal.....................................120
Lo que contó la difunta....................................131
Protección abnegada...141
A cambio de la afrenta una fortuna.................145
Las palomas..154

PRÓLOGO
José Luis Martínez

La invención de un escritor

El 25 de enero de 1888 nació en Saltillo, la capital de Coahuila, Artemio de Valle-Arizpe. En el mismo año nacería Ramón López Velarde, en Jerez, Zacatecas, y un año después, en 1889, aparecerían Julio Torri, coterráneo de Artemio, y Alfonso Reyes, en Monterrey, Nuevo León. Como este último, tenía un nombre de prosapia local. Además del prócer de la época de la Independencia Miguel Ramos Arizpe, a lo largo del siglo XIX tres Arizpes gobernaron Coahuila, y Jesús Valle, padre de Artemio, fue gobernador en 1909. Orgulloso de sus dos estirpes, Artemio de Valle-Arizpe soldó en uno solo sus dos apellidos que así permanecerán. Ahora mismo vive una joven poeta y experta en análisis poético que firma Claudia Hernández de Valle-Arizpe.

Sus primeros estudios los hizo en el Colegio Jesuita de San Juan y en el Ateneo Fuente de su ciudad natal. Y, como Torri y Reyes, Artemio vino a la capital de la república para estudiar en la Escuela Nacional de Jurisprudencia y obtener el título de abogado en 1910. Es raro, pero no parece haber sido amigo entonces de Julio

Torri y de Alfonso Reyes pues su nombre no figura entre los participantes del Ateneo de la Juventud, que realiza sus hazañas intelectuales por estos años. El joven abogado Valle-Arizpe, acaso por influencia de su padre, es electo en 1911 diputado al Congreso de la Unión por el distrito de Comitán de las Flores en Chiapas —la tierra de Rosario Castellanos— adonde no fue nunca. Y en una fecha no precisada pasa unos años en San Luis Potosí. Como lo contará con detalle muchos años más tarde en su libro *Historia de una vocación* (Trillas, México, 1960), su verdadera iniciación literaria ocurrirá en esta hermosa capital provinciana, guiada por dos eminencias, el obispo Ignacio Montes de Oca y Obregón y el poeta Manuel José Othón. El pomposo prelado se hace amigo del joven Artemio y le franqueó su "rica y copiosísima biblioteca" y sobre todo le alienta su amor a los libros que lo acompañará durante toda su vida. "Lentamente le daba luz a mi ignorancia." Le explica con palabra clara el mundo de los poetas y prosistas latinos, Horacio y Virgilio, Cicerón y Tácito, Tito Livio y Marco Aurelio. "Pero un día feliz —dice don Artemio— el prócer Ipandro Acaico me apartó con su mano amable, fina y fría, de esas lecturas profanas y me puso en comercio con frailes sapientes para que me alumbrasen el entendimiento, me instruyeran en las letras." Cuatro páginas de la *Historia de una vocación* dedica Artemio a describir y elogiar aquellas lecturas de los escritores místicos y religiosos que, a primera lectura, me parecieron excesiva presunción, aunque luego, en sus conversaciones con Emmanuel Carballo, en sus *Diecinueve protagonistas de la literatura mexicana en el siglo XX* (Empresas Editoriales, México, 1965, p. 156) vuelve a mencionarlos y dice que:

son todos estos que llenan dos largos plúteos de mi librero. Son los que a menudo me dan su provechosa lección, pues los leo y los vuelvo a releer, ya que en ellos hay más variedad de giros, de palabras expresivas, de frases elegantes, en su prosa sabia y diáfana.

Claro que a continuación dice que ha recurrido también a los tres grandes: Cervantes, Lope y Quevedo. Pero, en cuanto a los místicos, puedo entender que disfrute a los Luises, a Santa Teresa y a San Juan de la Cruz, pero dudo que haya disfrutado las piadosas mieles de tantos otros escritores religiosos.

De todas maneras, la amistad de Valle-Arizpe con monseñor Montes de Oca contribuyó para dar al incipiente escritor una buena base con la familiaridad de los escritores griegos y latinos y la frecuentación de las letras españolas de los siglos de oro.

La otra amistad fructífera de nuestro autor fue con el gran poeta de la vida rústica Manuel José Othón. A él dedicará uno de sus libros, *Anecdotario de Manuel José Othón*, que, redactado en 1924, sólo se publicará en 1958 por el Fondo de Cultura Económica. El motivo de este retraso de 34 años lo explicó don Artemio al fin de su conversación con Emmanuel Carballo:

> Cuando el doctor Puig fue secretario de Educación dispuso que se publicaran las Obras completas de Othón. En la portada del primer volumen decía: "Prólogos de José López Portillo y Rojas y Alfonso Reyes, seguidos de un anecdotario sobre la vida del poeta escrito por Artemio de Valle-Arizpe. Cuando Pepita [la viuda del poeta] supo esto último vino a México rápidamente. Se comunicó con el encargado de la edición y le dijo: "No, por favor, no publiquen lo de Artemio, contará, estoy segura, puras cosas

feas de mi marido: borracheras, comelitonas..." Le hicieron caso, y no apareció el anecdotario. Ahora, al cumplirse los cien años del nacimiento de Manuel, he querido rendirle un humano homenaje: pintarlo tal cual era, sin agregar ni quitar nada.

Es posible que don Artemio no agregara nada a sus recuerdos othonianos, pero también es posible que doña Pepita tuviera motivos para temer que en el anecdotario abunden los episodios truculentos del poeta potosino. Las comelitonas son raras pero las borracheras abundan en casi todos los episodios y dejan poco espacio para la creación poética. El más interesante de aquellos es la cacería a la que invitó al poeta el gobernador potosino. Pero cuando Manuel José pidió a uno de los servidores una copa, se encontró con la noticia de que el gobernador lo había prohibido. Ante la reclamación, el mandatario dice al poeta acalorado:

> se te dará todo el vino que quieras, o, más bien, el que ganes, pero me has de completar el Himno de los bosques. Aquí estás en un ambiente propicio para ello. Por cada diez versos que hagas tienes una copa de aguardiente, ni una más ni una menos, y así te puedes tomar las que quieras. Aquí tienes lo que llevas escrito, con esta intención lo traje y con esta intención, también, te traje a ti. Conque a trabajar, ya lo sabes, querido Manuel.

El poeta se rebeló, protestó y propuso alternativas que de nada sirvieron. Así es que se puso a trabajar y tras de los primeros nuevos diez versos, se tomó su anhelada copa de aguardiente, y se afanó lo suficiente para tomarse nueve copas, "por ser ese número esotérico". Y gracias a este recurso, dio fin al *Himno de los bosques* que "al no haber recurrido don Carlos Díez Gutiérrez a este medio riguroso lo hubiera dejado inconcluso, como dejó sin acabar tantísimas obras" (p. 145). Como era justo, cuando se publicó el *Himno de los bosques* en un periódico potosino, el 21 de abril de 1891, su autor lo dedicó a don Carlos Díez Gutiérrez, gobernador de San Luis Potosí, en carta del 17 de abril de 1891. En estas fechas, Artemio de Valle-Arizpe (1888-1961) era aún un niño que vivía en Saltillo.

La elaboración de un escritor

Después de esta temporada alegre en San Luis Potosí, viene a México para estudiar la "entretenida carrera de Derecho". La gran ciudad lo fascina. Lo deslumbran los palacios, los hospitales.

> Y empecé a hurgar en libros y papeles de toda edad, del Archivo General y del viejo archivo del Ayuntamiento, vastas canteras de noticias curiosas [...] A poco fueron mis buenos amigos y maestros el sabio bibliófilo don José María de Ágreda y Sánchez, don Luis González Obregón, don Genaro García, don Jesús Galindo y Villa, don Francisco Fernández del Castillo, después, el pintoresco don Nicolás Rangel, quien méritamente se ha ganado gran fama" (*Historia de una vocación*, pp. 45-46).

Don Luis y don Genaro, nos cuenta, le concedieron el beneficio de abrirle sus colmadas bibliotecas y le enderezaron los pasos por donde quería ir. Y de todos los nombrados, quien más lo instruyó fue González Obregón.

> De él saqué grandes provechos [...] Su cordialidad hacía que acercándonos a él por primera vez, tuviéramos la sensación de conocerle desde hacía muchos años [...] Pues bien, González Obregón, con sus escritos, y más que todo con su palabra comedida, discreta, amable, mansa, esparció rayos de luz en mi espíritu. (*Ibid.*, pp. 46-47.)

De los libros y las conversaciones con estos mexicanistas —reconoce don Artemio— "tomaron principio y origen los varios libros de tradiciones, leyendas y sucedidos que he compuesto del México virreinal. De allí proceden sus raíces". Pero hubo un ingrediente más en su formación.

> Después —precisa— conocí las *Tradiciones peruanas* de don Ricardo Palma, maestro en el género, y más se fortaleció mi idea, más se afirmaba en mi ánimo, pues hallé muchos temas originales muy curiosos del tiempo pasado en mi afanoso buscar en legajos y libros antiguos, y supe también de porción de cosas de antaño por boca de viejos de buena memoria, tradición viva, que me admitían en su conversación. Con este bagaje me entregué a velas llenas al ameno oficio de tradicionalista. Soy un escritor regnícola —nos dice con orgullo—, esto es, un escritor de las cosas especiales de mi patria. Estuve ajeno de mudanzas. He quedado en pie y en fuerza como una peña firme. (*Ibid.*, pp. 47-48.)

De 1919 a 1928 estuvo en Europa para trabajar en el Servicio Exterior. En España fue segundo secretario de la Legación Mexicana, de donde pasó a las de Bélgica y Holanda y, de regreso a Madrid, estuvo cinco años como miembro de la Comisión de Investigación y Estudios Históricos, que dirigía don Francisco del Paso y Troncoso.

Antes de partir para Europa, cuando contaba treinta años, don Artemio publica en México su primer libro como para dejar constancia de sus saberes. Se llamó *La gran cibdad de México Tenustitlan, perla de la Nueva España, según relatos de antaño y ogaño*, selección, prólogo y notas de Artemio de Valle-Arizpe, portada de Mateo Saldaña, y era el número 2 del tomo VIII de la Colección Cultura, México, 1918, que dirigían Agustín Loera y Chávez y Julio Torri. Ésta es la primera antología de este tema y en sólo 118 páginas recoge fragmentos de 23 autores, de Cortés a Alfonso Reyes, cada uno con introducciones. La de Reyes es muy graciosa pues lo elogia principalmente porque, siendo un abogado, nunca ha empleado términos jurídicos. Muchos años más tarde, don Artemio volverá a este tema de la ciudad de México y ampliará considerablemente su librito inicial.

Durante su primer año en Madrid, en 1919, publicó su primer libro "colonialista", *Ejemplo*, amparado por todas las bienandanzas posibles: en prosa: Luis González Obregón, Luis G. Urbina y Eduardo Colín; y en verso: Amado Nervo, Enrique González Martínez, Rafael López y Enrique Fernández Ledesma, y ornamentado con calidad por Roberto Montenegro.

En sus años europeos, además, don Artemio compuso su propia imagen, concorde con el tema que escogió y mantuvo para su obra: bigote con las puntas arriscadas, sombrero o carrete de paja, trajes bien cortados y siempre con chaleco, capa dragona; su casa con toda la decoración posible de antaño: talaveras, plata, bronces, marfiles, sedas y brocados, sillones frailunos y muebles señoriales; y comidas y bebidas según los usos antiguos: agua con azucarillos, chocolate, fruta de horno, aguas frescas y las glorias de nuestra cocina; y por supuesto, cuadros antiguos y todos los libros viejos posibles y bien encuadernados. El pintor que lo retrató con cuello de gola y puños de encaje acertó. Su mejor retrato es de Saturnino Herrán.

La moda colonialista

Apareció en México hacia 1917. Sus orígenes inmediatos fueron los estudios sobre arquitectura colonial del ateneísta Jesús T. Acevedo (1882-1918) o los más antiguos de Luis González Obregón (1865-1938) y del Marqués de San Francisco (Manuel Romero de Terreros, 1880-1968) sobre temas de aquella época. Pero sean cuales fueren sus precursores, las novelas, cuentos, ensayos y estudios y aun las poesías de esta inspiración, que escriben entre 1917 y 1926, Francisco Monterde, Julio Jiménez Rueda, Manuel Horta, Ermilo Abreu Gómez, Alfonso Cravioto, Manuel Toussaint, Jorge de Godoy y, por supuesto, Artemio de Valle-Arizpe, pueden explicarse como un movimiento de huida hacia el pasado determinado por la angustia de la Revolución. No era ésta, sin embargo, la sola causa determinante. Si se recuerda que movimientos similares ocurrieron en España y en la Argentina y el Perú hacia los mismos años, puede también relacionarse el colonialismo mexicano con aquellas corrientes.

El género ofrece un caso ejemplar de apego a los usos y moldes de la historia literaria. No sólo tiene sus precursores y sus iniciadores, su época áurea y su continuador fiel (Valle-Arizpe) sino aun su Quijote burlón en aquel gracioso *Pero Galín* (1926) de Genaro Estrada. Pero no todo fue inútil manía arcaizante en el colonialismo; contribuyó al enriquecimiento de nuestra lengua y a la difusión y apreció de un pasado que es parte integrante de nuestra nacionalidad.

Valle-Arizpe, colonialista orgánico

Si para la mayoría de los escritores que en él participaron el colonialismo fue sólo una breve estación de su carrera literaria, para Artemio de Valle-Arizpe esta tendencia llegó a ser consustancial a toda su extensa obra. El secreto de esta fidelidad puede explicarse por el buen sentido con que Valle-Arizpe la administró, de modo que, sin fatigar a sus lectores, pudo continuar explotando un filón por él tan gustado. Así se alternan en su caudalosa obra la novela y el cuento (*Ejemplo*, 1919; *Cuentos del México antiguo*, 1939; *El Canillitas*, 1941; *La güera Rodríguez*, 1949) con la monografía artística (*El Palacio Nacional*, 1936; *Notas de platería*, 1941), y la estampa evocadora (*Del tiempo pasado*, 1932; *Virreyes y virreinas de la Nueva España*, 1933; *Andanzas de Hernán Cortés*, 1940; *Leyendas mexicanas*, 1943; *Jardinillo seráfico*, 1944); con los estudios históricos (*Don Victoriano Salado Álvarez y la conversación en México*, 1932; *Historia de la ciudad de México, según los relatos de sus cronistas*, 1939; *Por la vieja calzada de Tlacopan*, 1937; *Calle vieja y calle nueva*, 1949; *Gregorio López, hijo de Felipe II, su vida y su muerte en México*, 1957), y los recuerdos autobiográficos (*Historia de una vocación*, 1960).

La nómina completa de sus libros llega a 56 volúmenes de historia, leyendas, narraciones, novelas, cuentos y monografías de arte. Solía escribir un libro cada año. Sus *Obras completas*, con prólogo de Antonio Acevedo Escobedo, se publicaron en dos tomos, en la Colección Laurel, de Ediciones de Libreros Unidos Mexicanos, México, 1959 y 1962. Agotada esta edición, el Fondo de Cultura Económica ha iniciado unas *Obras* de don Artemio, con prólogo y breves introducciones de Juan Coronado, en su colección mayor de Letras Mexicanas. Hasta ahora han aparecido dos tomos, en 2000, que reproducen diez obras.

Durante muchos años publicó semanalmente en *El Universal* una columna llamada "Del tiempo pasado" que tenía muchos lectores.

Cronista de la ciudad de México

Con excepción de su primera narración, *Ejemplo*, que dijo haberla escrito en su ciudad natal Saltillo, capital de la antigua Nueva Extremadura, todos sus demás libros ocurren o se dedican a cosas de la ciudad de México, y a personajes de alcurnia, salvo su incursión a los barrios bajos con *El Canillitas*.

Por ello, fue cosa natural que, después de la muerte de su maestro Luis González Obregón, en 1938, que fue el primer cronista moderno, aunque de manera informal, a partir del 17 de junio de 1923, en que se puso su nombre a la antigua calle de La Encarnación donde vivía. Don Luis, ciego y con una pensión miserable, murió quince años más tarde. Un lustro después, en 1943, don Artemio fue nombrado formalmente Cronista de la Ciudad de México. Renovará así una vieja costumbre que se había iniciado a mediados del siglo XVI con Francisco Cervantes de Salazar. En junio de 1952, en un acto solemne organizado por el cabildo de la ciudad, se puso su nombre, Artemio de Valle-Arizpe, a la calle de Ajusco, en la colonia del Valle, donde él vivía. Esta costumbre sólo se mantendría con Salvador Novo, que fue cronista de tiempo completo, a partir de la muerte de don Artemio. Los dos cronistas siguientes, Miguel León-Portilla y el que esto escribe, renunciamos al cargo abrumados por sus deberes y luego se constituyó, a moción de Guillermo Tovar, el Consejo de la Crónica de la ciudad de México que funciona desde 1987.

Don Artemio ingresó en la Academia Mexicana de la lengua el 29 de agosto de 1924 y, para ocupar la silla número X, dijo su discurso de recepción el 5 de abril de 1933, acerca de Don Victoriano Salado Álvarez y la conversación en México —que es una de sus piezas más hermosas—, y se recogió en el tomo X, 1954, de las *Memorias de la Academia Mexicana*.

Salvo su diputación juvenil y sus años diplomáticos, Valle-Arizpe no ocupó ningún cargo público ni recibió ningún premio. Parece haber sido el primer escritor literario moderno profesional que logró vivir exclusivamente y con decoro de su pluma.

Un estilo colonialista

Con excepción de sus libros de exposición histórica o artística, en los narrativos, que son la mayoría de los que escribió, Artemio de Valle-Arizpe elaboró un estilo peculiar que se proponía adecuado a sus evocaciones de los siglos coloniales. Como su atuendo personal y la decoración de su casa, así fue su estilo. Concentrémonos en *Leyendas mexicanas*, que se publicó inicialmente en 1943 y que es uno de sus libros característicos y aparece a la mitad de su carrera literaria. Es también una de sus obras más populares, pues la presente, de 2001, será la decimotercera edición.

Su tema es el de muchos otros libros de don Artemio: las leyendas mexicanas, casi siempre piadosas y a menudo relacionadas con los nombres y apodos de calles, casas, conventos y lugares varios. En cuanto a su lenguaje, hay mucho que observar. Comencemos por comparar un escrito de don Luis González Obregón, que fue su maestro y su amigo, y sea la "Epístola", que es uno de los preliminares de *Ejemplo*, el primer libro colonialista de don Artemio. Pues bien: las únicas peculiaridades que encontramos son el tratamiento: *Vuesa Merced* y *albórbola*, linda palabra árabe para llamar a la gritería femenina, y que suele aplicarse al canto de los pájaros en el árbol. Y creo que es todo. Don Artemio, en cambio, usa esta misma voz, *albórbola*, y muchas otras: *almotacén, embelecos,* ventanas *alabeadas, derrubiándola, envigados* de cedro, *goteras de damasco,* a la *estradiota* (jaez para montar), *aljófares, bermejón, sopandas, gorgoranes, estoraque, azófar, escañiles, velerillos, alcatifa, partestrado, cantoneras, chatones, charnuelas,* volando *cedo, vigamentos, borbollaba,* patio *porticado, corajoso, esplendoreaba, ostentativo, chismorrera, pechazo, telliza* y *rodapié, franjín, holoséricas, ralladores*. Desde la quinta de estas voces raras hasta la última aparecen en la narración llamada "Caras vemos, corazones no sabemos", y que es la historia de las riquezas de un don Álvaro de Tavera que escondía los cilicios con que se atormentaba. Pues bien, todas ellas las encontramos en el diccionario de la Academia, algunas son derivados poco usuales o bien podemos imaginar su significado. De todas maneras, es una abundancia acaso excesiva aunque no siempre aparece tan crecida. En fin, todas menos una me parecen oportunas. La que me parece de una pedantería gratuita es *holoséricas*, que es una palabra con prosapia griega y latina que significa "de seda pura". La frase de don Artemio dice: "las telas holoséricas de sus trajes", donde hubiera podido escribir: "las telas de seda pura..."

Otro de los recursos de que se sirve nuestro autor es el de la gradación en las repeticiones de algún tema. Sobre su sujeto va acumulando atributos crecientes en frases cortas que acaban por envolvernos. Detengámonos, por ejemplo, en el principio de "La paga del fraile":

> Era un convento blanco y chiquito que difundía su paz en el fragante paisaje de pinos que le circundaba. Adivinábase en esta santa casa toda claridad y sencillez. Había allí una vida humilde, plácida y quieta que gozaba en la contemplación de las cosas creadas. Y así, en esa morada todo era apacible, dulce. En los patios pequeños, con arcadas blancas, se asentaba el silencio; se acogía un gran sosiego en sus claustros refulgentes de limpieza con su ancho friso azul...

Y así sigue, añadiendo cada vez un matiz a su descripción acumulativa.

Su manera de ilustrarnos acerca de los tesoros de la ciudad de México es siempre indirecta, y se aprovecha de una alusión ocasional para referirlos.

> Soy muy devoto de la Santa Cruz —dice el viejo de "La Cruz de Santa Catarina"—, y cuando yo parta quisiera que mi alma se fuese entre sus brazos. Toda la ciudad está llena de cruces, de bellas cruces de las iglesias; en medio de los patios anchurosos de los conventos, en muchas casas se

ven realzadas sobre la argamasa, la piedra o el tezontle de sus fachadas [...] En el centro del atrio de la Catedral se halla la cruz llamada de Mallozca, porque el señor arobispo don Juan de Mallozca y Zamora la trajo del pueblo de Tepeapulco y se desbastó porque era muy gruesa y corpulenta para colocarla donde ahora está. También se encuentra en la cerca de la Iglesia Mayor, por el lado del Empedradillo, la cruz que dicen de los Tontos; la Cachaza se levanta en la plazuela del Volador, esquina de la Universidad, a su pie ponen los cadáveres de los pobres para recoger dinero con que enterrarlos; los padres jesuitas han labrado una muy hermosa en el cementerio de San Pedro y San Pablo; en la plaza de Santiago Tlatelolco, se alza una antiquísima y grande, en un tallado pedestal; hay otra en la plazuela del Factor, y otra, la de los Ajusticiados, en el vasto atrio de Jesús Nazareno, famosa porque junto a ella se cometió un terrible, espantoso crimen, que conmovió a toda la ciudad; pero la más notable que ha habido, y creo habrá, es la del convento de San Francisco; fue hecha con el más alto ahuehuete de Chapultepec, o ciprés de Moctezuma, como les decían a esos árboles corpulentos los españoles conquistadores; sobresalía esa cruz de las más altas torres y era alivio y consuelo de los pobres caminantes que desde muy lejos, tres o cuatro leguas, la divisaban, y era como guía para llegar a México.

Añade, a continuación, informes sobre los preceptos disciplinarios que ordenó una Junta Eclesiástica, allá por 1539, para que se derribaran muchas de las que existían en lugares inadecuados, que no hubiese voladores junto a las que quedaban y que se quitasen las de los patios de las casas de los indios.

Creo que, de todas esas cruces, sólo subsiste la de Mallozca, en el atrio de la Catedral Metropolitana.

Algunas noticias indiscretas

Don Artemio no frecuentaba tertulias ni era maestro universitario. Solía ir a un café-restaurant que estaba en la esquina de Bolívar y Venustiano Carranza contra esquina del reloj turco, donde servían agua con azucarillos. Tuve el privilegio de ser un amigo discreto suyo y conocí su casa, pequeña y cuidadosa en todos sus detalles. Creo que no me enseñó sus libros. Me dedicó algunos de ellos y en *Historia de una vocación* añadió correcciones con su escritura pequeña y limpia.

Las Efemérides del Calendario del más antiguo Galván (1852-1977) registran la muerte de don Artemio el 15 de noviembre de 1961, a la edad de 73 años, como sigue, en la página 918: "15. Fallece don Artemio de Valle-Arizpe, cronista de la ciudad de México, Académico de la Lengua y autor de múltiples obras. Su cadáver es trasladado a la cripta familiar en la ciudad de Saltillo."

En aquellos años, yo andaba en mi primera tarea diplomática en Lima, Perú, y no fui a su velorio. Cuando volví a su tierra de vacaciones, y pregunté por el destino de los libros y de la casa toda de don Artemio, los amigos me enteraron de lo que ocurrió. Él había decidido heredar sus bienes a un amigo que quería especialmente. Pero don Artemio tenía además, un hermano (¿Jesús?), general del Ejército que, informado de la herencia, llevó unos camiones frente a la casa de don Artemio de Valle-Arizpe, en la calle de su nombre, antes Ajusco, y la vació literalmente con todo lo transportable que hizo viajar a Saltillo donde lo depositó en su antiguo colegio: el Ateneo Fuente. Las efemérides existentes no mencionan esta acción militar que aquí consigno con reservas.

En un viaje a Saltillo, en 1989, centenario de Julio Torri, pedí visitar el Ateneo Fuente y pregunté por los libros, muebles y objetos de don Artemio, depositados allí treinta años antes. Me contaron de un incendio que los destruyó y me mostraron algunos libros poco valiosos chamuscados, un estrado más bien modesto e insinuaron que el fuego había sido intencional y selectivo. En febrero pasado volví a Saltillo y de nuevo hablé con gente de las actividades culturales sobre el tema: me confirmaron lo dicho: fue un acto criminal para apropiarse de los libros y objetos valiosos. Comenté que si don Artemio sólo hubiera tenido la mitad de los libros viejos que mencionó en sus obras, tendría un tesoro. ¿Dónde estarán?

Agosto de 2001

FLORECILLA FRANCISCANA

Fray Manuel de la Olmeda era un frailecito sosegado y silencioso. Iba y venía Fray Manuel por el convento con entrambas manos metidas entre las mangas del hábito, callado, sonriente. Se deleitaba Fray Manuel de la Olmeda con las cándidas bellezas que había en su mundo interior. Era de condición delicada, lleno de ternura, con una suavidad y una apacible mansedumbre que enternecía. Su vida se deslizaba sin un tropiezo por el blanco camino de la bondad y la obediencia. Desde muy muchacho apagó el ardor juvenil y tenía quebrantados los bríos de la sensualidad y se fué arrimando, apaciblemente, a todas las virtudes, que le traspasaban su inefable gracia. Cuando se hizo fraile ya tenía bien mortificadas las pasiones, agotadas todas las malezas de su corazón. Apenas entró en la religión franciscana ya empezó a tratar con rigor a su cuerpo, "el hermano asno", y enfrenó los apetitos de las cosas más sabrosas. En tanto que se adelgazaba con abstinencias desusadas, iba purificando más y más su alma. Con su conducta se instruían los otros frailes en la enterez a de la penitencia. No hay mejor consejo que el buen ejemplo. Se creía que Dios creó a Fray Manuel de la Olmeda en la turquesa de los ángeles.

Con la cabeza inclinada sobre un hombro, juntas entrambas palmas de las manos, se quedaba viendo, dulcemente arrobado, el esbelto tallo del surtidor, lleno de luz, en cuyo extremo se hacía y se deshacía constantemente una leve flor de cristal que iba a parar al tazón del que escurría ya convertida en múltiples hilillos que caían en la fuente con una interminable canción, que Fray Manuel aseguraba era un ininterrumpido laude al Señor. Se ponía en larga contemplación ante los cipreses del huerto, oscuros, rígidos, de cima movediza, en los que él veía un claro símbolo de la vida monástica: dirigirse del convento hacia el cielo, el inmortal seguro. Ante una rosa ahuecaba las manos y con ellas rodeábala con exquisita delicadeza, y con el frescor de los pétalos sentía un gozo sutil, pero luego dolíase mucho, pues se persuadió de que ese deleite sencillo no era sino pecado de complacencia. No pensaba que lo fuera el ver en mansa contemplación las estrellas; subía con su pensamiento al cielo y su mirar no era sino un mudo himno a Dios que las formó y les puso aquellas luces y resplandores. Gozaba en la consideración de las obras divinas. Amaba todas las cosas con ternura infinita, les descubría excelencias escondidas y creía que se le entregaban para que les viese lo esencial, la bondad y la gracia, que otros ojos no les hallaban por posarse con indolencia encima de ellas, no con el entrañable amor y con aquella ternura con que él las miraba.

Entre la polifonía del órgano se le iba el pensamiento y lo dejaba sumido en un éxtasis, contemplando dulces visiones de gloria. Estaba absorto en los regalos del espíritu. Pero su deleite mayor era la meditación, en la que levantaba su corazón de las cosas corporales y traspasaba a las eternas; todo su ser ocupábalo en los divinos misterios, y los explicaba con palabras luminosas, que, a la vez que enseñaban cosas nuevas, descubrían los tesoros de su ingenuidad. También decía altas razones después de estar en la oración hablando con Dios dentro de sí, con los ojos altos y humildes al cielo.

Fray Manuel de la Olmeda estaba encargado del cultivo del huerto, labor grata, en la que iba apacentando su espíritu en las veredas eternas. Así como pasaba la noche en pensamientos santos, buena parte del día se le iba en la consideración de materias espirituales. Reflexionaba en los hondos misterios de la religión, echando los ojos de su entendimiento a toda la altura de sus atributos. Fijaba con fuerza la imaginación en lo que iba meditando. La fragancia de las flores le alegraba el olfato; le complacía y le refrescaba el entendimiento el claro son del agua que pasaba presurosa sonando en las acequias, lo mismo que el rumor del boscaje verde de los árboles movido por el viento en la vasta amplitud del atardecer. Sentado en un poyo de piedra y azulejos, con la cabeza en alto, en actitud de meditación o de ensueño, oía el canto de los pájaros, en el que hallaba regalo y entretenimiento.

Lo llamó el prior, un viejo alto de rostro chupado y amarillo, y le dijo:

—Hermano Fray Manuel, de sobra sabe usted que nos ayudamos en mucho para los gastos que demanda nuestra casa con lo que nos produce la venta de la fruta de la huerta encomendada a su cuidado; este año, en que tenemos mayores necesidades que otros años, vamos a sacar menos dinero por causa de usted que no ha sabido alejar a los pájaros. Enorme cantidad de ellos llega a los frutales y su voracidad acabada con todo. No sé qué vamos a vender ahora; tal vez sea una nonada que no servirá para disminuir las necesidades que padecemos día por día. Usted sabrá cómo ahuyentarlos, Fray Manuel, si con trampas, si con espantajos, si con tirarles cohetes y pedradas que los asusten, qué sé yo; usted sí sabrá cómo alejarlos de nuestros perales, manzanos, membrillos y duraznos, para que no sigan causando daños.

Con esta amonestación quedó Fray Manuel melancólico y lastimado; se le cubrió el corazón con una nube de tristeza. Con la apacible ternura de sus ojos con lágrimas miraba el espacio azul del cielo y el reducido espacio verde del huerto. La mañana estaba transparente y radiosa, tibia y amarilla de sol. Fay Manuel de la Olmeda se quedó absorto en su dolor tranquilo. Sosiego y serenidad había en sus facciones y esa paz le ascendía del corazón como un perfume. De pronto inclinó la cabeza sobre el pecho y con las manos apretadas por debajo de la barba, se puso a llorar largamente. El dolor le hacía correr hilo a hilo el llanto. Movía a compasión verlo tan humilde, con su cuerpo inclinado, llorando mansamente, reducido por la amargura, y sintiéndose muy insignificante y desvalido.

Los pájaros empezaron a revolotear en torno suyo. Se posaban en sus hombros, en su cabeza, en sus manos, en la picuda capucha del hábito, hasta en la misma cuerda blanca que le ceñía la cintura. Andaban a saltitos esbeltos y ligeros cerca de sus pies y alzaban la cabecita para verlo; les relucían los ojillos como chaquiras mojadas, y picaban con anhelo como si llamasen a sus hijuelos; se sacudían, aleteaban; muchos, estremeciendo todo su cuerpecillo, se desataban gozosos en trinos. Fray Manuel de la Olmeda les dijo dulcemente, poniendo el índice en alto:

—De esto que me pasa no es sino de ustedes la culpa, picarillos, nada más de ustedes y los voy a castigar. Andan que no paran en constante rebullicio, de aquí para allá y de acá para el otro lado; pican en esta fruta y luego se van a picotear ávidamente algunas más, y así todo lo han estropeado por andar goloseando inacabablemente. ¡Esto es ya intolerable! ¿Quién es, díganme, el que va a comprar una manzana, pera o membrillo agujereado? Y si se quedan en las ramas se agusanan o se pudren. ¿Por qué, digo yo, no se comen entera toda la fruta? Miren, de aquí en adelante, no van a tener otra que la de aquel manzano copudo; solamente esas manzanas, coloradas y frescas, van a ser, en lo sucesivo, su alimento; y cuidadito, amigos, con tomar nada de los otros árboles, porque allá se los haya. ¿Me entienden? No digan que no, pues bien claro se los he dicho. Pueden andar de uno en otro árbol si tienen antojo de conocer sus ramas o de labrar sus nidos, pero sin comer nada de ellos, ¿eh?, a no ser gusanillos u otros animalejos perjudiciales. ¿Me oyen o no me oyen? ¿Qué es eso de estar cantando sin poner atención a mis palabras? Váyanse ya, y obedézcanme, pilluelos. ¿Se están haciendo los socarrones? Oye, tú, quítate de aquí, no me metas el piquillo en la boca, deja esa desfachatada insolencia; y tú, bájate ahora mismo de la oreja, cantas tan fuerte que me aturdes con tu voz jubilosa; tú, retírate de mi barba, no estés bebiendo más lágrimas, tienen un sabor a sal que no ha de gustarte, hijo mío. Váyanse, repito, váyanse todos con Dios y pónganse a alabarlo.

Los pájaros que tenía encima Fray Manuel de la Olmeda y los que a su alrededor andaban por el suelo, se levantaron rápidos por el aire y se metieron con gran algazara en la copa del manzano, oscura y rumorosa, que les había señalado el frailecito, que los veía con miradas complacientes. También fueron a dar en él los que estaban en otros árboles. Grande y musical era su albórbola.

Fray Manuel de la Olmeda, después de que les dijo su dulce mandato, se hincó de rodillas y alzando los brazos a lo seráfico, puso en el manzano que blandamente se mecía al viento, la suavidad de sus ojos grises, húmedos de ternura, en los que ya parecía concentrarse toda la vida que iba faltando en el resto de su cuerpo.

—Canten, canten, líricas y gozosas criaturas de Dios, alaben con alegría sus glorias como yo las alabo.

Fray Manuel se puso a cantar con aquella su vocecita limpia y cristalina. Dulcemente glosaban su cántico el agua que corría acelerada y llena de sol por las acequias y la melódica del fino chorrillo de una fuente distante, oculta entre mirtos y laureles.

EL ARMADO

¿Quién era aquel señor siempre vestido de negro que durante horas y más horas estaba a diario hincado de rodillas, orando en el áurea capilla del Señor de Burgos que se alzaba en el anchuroso atrio del convento de San Francisco? Estaba cabizbajo y de tiempo en tiempo dábase con el puño cerrado rotundos golpes en el pecho como muestras evidentes de arrepentimiento, luego llegaba su rostro a la tierra y ponía con humildad los labios en el polvo. Al levantar la cara se le veían los ojos tristes con una empañadura de llanto, y no era que la Naturaleza se los hubiera dejado lacrimosos, pues en la calle los mostraba límpidos y serenos. Caminaba despacio, ensimismado; veía sin ver todas las cosas con la mirada vaga, indecisa. El pensamiento lo traía bien ocupado, como considerando altos misterios, según era el arrobo en que andaba sumido. Era a veces tan grande su enajenación, que parecía que su espíritu estaba fuera del cuerpo.

A este caballero no se le veía por las calles más que caminando despacio siempre muy meditativo, como ensoñando. Tampoco se le veía hablar con nadie, pues desechaba la gustosa convivencia con amigos. Ninguno había oído de su boca conversación. No daba entrada a pláticas. Si encontrábase con alguna persona de calidad, cuando más le decía a media voz, destocándose el sombrero: "Vaya usted con Dios", o "Dios le guarde", o bien: "Santas y buenas tardes tenga su merced", y seguía muy enhiesto, muy grave, paso a paso, metiéndose otra vez en sus meditaciones continuas. Le agradaba en extremo la soledad. No iba a paseos; no asistía a tertulias de señores; nunca se le vio en los locutorios de los conventos. Solo, siempre solo. Vestido todo de negro, grave, parsimonioso, con el mirar lejano.

Si se admiraba la gente de verlo tan callado, tan solitario, y continuaba abstraído, más la ponía en asombro con todas las variadas armas que portaba. Iba cargando las cosas necesarias para la ofensa y defensa. Llevaba la espada ceñida, que muchos decían que no era de las simples, sino de las de virtud, llamadas así por tener engastadas en su puño reliquias de santos. También traía dos pistoletes metidos en la pretina y le colgaba un puñal o daga las dichas de izquierda o de misericordia. Debajo de la ropilla vestía perpetuamente una apretada cota de malla, en la que embotaríase la punta del más bien templado estoque que le fuera a buscar la vida para sacársela del cuerpo. Nada más le faltaba broquel, un mosquete y tal o cual lanza o gorguz para estar cabal. Para hacer más completa su defensa podía haber traído tras de sí alguna lombarda, algún falconete, algún berzo, culebrina, pasavolante, sacre o cañón serpentino, que son éstos los siete nombres distintos que se le dan a la artillería, según su tamaño y grosor, en las cartas de relación que Hernán Cortés escribía a la Sacra, Real y Cesárea Majestad de Carlos V.

No se sabía de dónde era este señor. Unos contaban que lo conocieron en Guadiana de la Nueva Vizcaya; otros, en la Nueva Galicia; éste, que en Valladolid del Mechoacán; aquél, que lo vió golpear indios muy cruelmente en el Yucatán o Isla de Santa María de los Remedios; quien refirió que andaba atareado en las Provincias Internas de Oriente en busca de minas, porque diz que las había muy buenas en el país. Un viejo por más señas almotacén del Ayuntamiento, que anduvo muchos mares y trasegó muchas tierras, refería muy a menudo a los señores justicia y regimiento de la Ciudad, que ese hombre tan seriote y rezador era muy conocido en la Tierra Firme, en donde no le faltaron lances de amor y fortuna y aquello de "tomar iglesia", porque era de índole brava y sacudida, y que hasta apuñaló a uno que le hizo treta falsa, y cuando ya no tuvo duda de la verdad del engaño, le escondió con gran ímpetu la daga en el pecho. Esto se decía de este caballero y aún otras chismerías, murmuraciones, embelecos e historias que, por fabulosas, parecían fingidas. Muchas gentes aseguraban sus sospechas y teníanlas ya por certezas.

Habitaba el misántropo y enlutado señor no en calle céntrica y principal, de esas en que bulle alegremente la vida, sino que tenía su casa en un estrecho callejón, desviado, solitario, lleno de silencio y de paz. Solamente rompían su quietud los golpes rítmicos y claros que un herrero daba con su martillo sobre el yunque y los secos de un laborioso maestro de obra prima que también golpeteaba en sus baquetas y cordones. Este zapatero solía cantar y su voz, en aquel vasto sosiego, tenía una resonancia halagadora; sus cadencias ondulaban, quebrábanse, se mecían blandamente, e iban por el aire con mayor ternura que si brotasen en lugar populoso. Aquel silencio acogido entre casas humildes, lisas, sencillas cernía los cantos, los depuraba, y adquirían un no sé qué de gracia, de suavidad y desconocido donaire.

En esta callejuela se alzaba una vieja casa de piedra, de aspecto destartalado y pobre, con balcones herrumbrosos, con ventanas alabeadas. Bajo los canalones se alargaba hasta el suelo la mancha negra que fueron untando en los muros las lluvias tenaces. La mano del tiempo pasó por esa casa oscureciendo sus sillares y derrubiándola. Si se golpeaba en su claveteada puerta con aquel su fuerte aldabón de hierro, se alzaban huecas resonancias en su interior, como voces que hablaban de abandono y soledad. Hacia la calle irradiaba su quietud y su misterio. Su desolación andaba como esparcida en el aire. Esta casa ceñuda, con el sobrecejo de su torcida cornisa de cantería desportillada, prendía en el espíritu del que la contemplaba una sutil inquietud, un temor vago, que hacía que se desviaran los ojos de la fachada ennegrecida y que con tendido paso se alejaran las gentes de su inquietante presencia con el alma confusa y turbada.

No tenía el grave señor más sirviente que una vieja de aspecto furtivo, sorda, alta y flaca, con mueca de gárgola de catedral gótica, y salía muy rebozada a los primeros clarores del alba a oír la misa en la cercana iglesia y regresaba aún con obscuridad el día y encerrábase en aquel infranqueable reclusorio. El caballero salía muy sombrío y con gran parsimonia con el sol ya alto, e íbase muy atildado y oloroso, lleno de todas sus armas, a la capilla del Señor de Burgos, en donde horas y más horas permanecía arrodillado, elevando a Dios el alma por medio de la oración. Llamaba con sus rezos a la puerta de la divina clemencia y sus ojos relumbraban con las lágrimas que los estaban anegando. Dejaba esa iglesia y se iba por la ciudad con paso tardo, sin premiosos apresuramientos, como gozando del buen aire y del sol, de la vista de los grandes caserones, morada de gente noble y pudiente. Si en su camino encontraba otro templo penetraba en él y acudía de nuevo a la oración, atribulado, dolorido; besaba el suelo y no escatimábase los golpes de pecho que denotaban su contrición.

Algunas tardes salía de su casa como por hambrienta necesidad de su espíritu de buscar en los barrios las iglesias más apartadas y pobres, de esas que no disponen de lindos caudales arquitectónicos, sino de una sobria sencillez franciscana, pura y simple, como el alma del santo de Asís, y que sólo tienen en su fachada resplandeciente blancura de cal. En esos pobres lugares recogíase en sí mismo el caballero y ponía en su rostro ceño de gravedad. Con gran compunción se daba a sus plegarias o decía el rosario, pasando lentamente por sus dedos las cuentas negras y lustrosas.

Al filo de la media noche a diario dejaba su casa. ¿A donde iba? Lo habían visto por la calle de los Alguaciles Mayores, por las de los Ballesteros, por la de la Celada, por la de las Golosas, por la de los Sepulcros de Santo Domingo. Otras veces lo encontraron por la del Capiro, por las de los Siete Príncipes, por la de Analco, por la distante que va a las Atarazanas y después por la del Nahualtlato. Lo vieron otra noche ir a lo largo de la de los Monasterios. En otra ocasión estaba en la esquina de la calle de las Causas y lo fueron siguiendo dos trasnochantes curiosos y se les perdió en la estrecha calleja de la Guardia. Tan pronto iba por el rumbo de Areinas, como por el de Necatitlán, o por el de Santa María la Redonda, o por el de San Homobono, o por el de Apello. Por distintos rumbos de la ciudad se le solía encontrar, pero no andaba despacioso como en el día, sino apresurado, como para llegar a tiempo a un negocio urgente. Más a menudo topábase con él cuando la noche estaba sepultada en tinieblas que cuando tenía claridad de luna. Entre las sombras palpables se metía el misterioso personaje envuelto en su negra capa como una sombra más. Andaba cubierto del manto de la obscuridad. ¿Quién era este extraño señor? ¿De qué vivía? ¿Por qué el llanto en sus ojos cuando rezaba? ¿Qué negocios inaplazables tenía por las noches? ¿Por qué iba y venía a toda prisa por ésta o la otra calle? ¿Y por qué andaba de mañana, de tarde, de noche, armado con espada, pistoletes y puñal, y traía, además, la impenetrable defensa de una cota de malla bien tupida? ¿Esperaba, acaso, alguna repentina agresión y para repelerla era aquel variado armamento? No se sabía nada de esto, a pesar de que muchos escudriñaron a fuerza de muy exquisitas diligencias. Le hacían pesquisa de sus costumbres y seguíanle por todas vías para saber de su vida, y nunca se le dió caza a sus secretos. Se salía en busca de la verdad y no se encontraba.

Una mañana la calleja se llenó de asombro y de ruido. La criada del sombrío personaje volvió de su misa diaria y rompía el cielo a grandes gritos. Se alarmó con ellos el vecindario que salía apresurado a las puertas y ventanas de sus casas a indagar la causa de voces tan inusitadas en aquel perenne sosiego. Se quedó atónito, sin pulsos y con largos temblores en el cuerpo, cuando contempló inánime al misantrópico señor de la casa vieja colgado de los hierros de un balcón. El extremo de una fuerte cuerda se anudaba en éstos y la otra punta enroscábasele en el cuello con un recio nudo. Tenía encima todas sus espléndidas armas y la rodilla abierta dejaba ver la cota de malla en la que el amanecer ponía reflejos. La cabeza, amoratada, casi se le unía al pecho, y el pelo caíale por encima del rostro en un largo mechón movedizo. La gente, abriendo tamaños ojos de asombro, se santiguaba tres cruces ante el ahorcado que del todo la dejó absorta.

La noticia corrió vocinglera y apresurada por toda la ciudad y trajo a una multitud ansiosa de curiosear. Todo el mundo estaba perplejo, perdido en un confuso mar de conjeturas. ¿Fué suicidio? ¿Fué crimen alevoso? Con los alguaciles y un alcalde de corte entraron muchas gentes en la casa. Todas sus estancias estaban alhajadas con suntuosidad magnífica. Se encontró bastante dinero en oro y abundantes joyas en los contadores y en los cajoncillos de los bargueños. Repletas talegas de plata había en las alacenas. La justicia nunca pudo averiguar cosa alguna. El misterio se adueñó pavorosamente de esa muerte. Hubo grande admiración y estupor en todo México. La casa permanecía cerrada y como más hosca, emanando terror. Los que se acercaban al ferrado portón oían dentro el persistente cúcú de una paloma torcaz, que era como un llanto.

A esta calleja triste y solitaria, por el caballero misterioso que habitó en ella, lleno de todas armas, que tuvo tan desdichado acabar, se le llamó el callejón del Armado.

CARAS VEMOS, CORAZONES NO SABEMOS

Al pensar en don Álvaro de Tavera se venía en el acto a las mentes un deslumbramiento de oro, un fulgir de joyas, un vasto rumor de sedas agitadas. No se podían asociar con su persona cosas insignificantes y humildes, sino lo pomposo y magnífico. Las tapicerías flamencas de alto lizo; los reposteros bordados con heráldica policromía; Paños de Arraz de gran caída; las alfombras renacentistas de Chinchilla, de Letur y las coquenses; bargueños aparatosos embutidos de marfil y de nácar, con adornos singulares de plata y cristal; muebles de tallas prolijas en las que el barroco enredaba sus múltiples líneas; áureas cornucopias que bajaban su luz suave a los salones; arañas de límpidos vidrios, llenas de prismas y de cadenas y más cadenas de almendras. Eran esas arañas como unas enormes gotas de agua suspendidas de los amplios rosetones de plata prendidos en los envigados del cedro. Mesas taraceadas, mesas esculpidas; camas grandonas de dorado retablo o altas como tronos, con retorcidas columnas salomónicas que sostenían la pompa cuasi litúrgica de cortinajes y goteras de damasco; jaeces para cabalgar la jineta, a la estradiota, a la noble brida castellana, con sedas argentería y recamados de aljófares que deslumbran la vista; carrozas que eran una viva refulgencia con sus tableros de brillante bermejón, llenas de plata cincelada y acolchadas de sedas y con un muelle vaivén por la elástica suspensión de las sapandas.

Don Álvaro de Tavera vivía entre plata y oro labrados con delicioso primor; entre tisúes, gorgoranes, damascos y brocados; entre exquisitas preciosidades de carey, de marfil, de laca; entre guadameciles y cueros repujados; entre la sutil suavidad de los perfumes que efluían de las pastillas de benjuí y de estoraque y de los pebetes finos que se quemaban en sahumadores o en braserillos, o emanaban de frascos estriados que se metían entre el rescoldo de los braseros de azófar de gran copa para embalsamar sus estrados en los que abundaban bufetillos, taburetes, escañiles, velerillos, fofos almohadones galoneados, con borlas y caireles, sillas de caderas, silletas de espaldas, clavicordio y vihuela de mano, alcatifa española o turquesca que emblandecía la pisada, retratos de severos personajes y de damas pretéritas con cuellos escarolados y ojos de dulce mirar, y cuadros devotos entre marcos a estilo churriguera que eran como una coagulada confusión de espumas salpicadas de trémulos puntitos de luz, y con un pastestrado Cromandel o bien de madera negra con cantoneras y guardas de velludos carmesí que abría suntuosamente sus grandes hojas talladas para cortar los aires y librar de sus malignas consecuencias.

Don Álvaro de Tavera habitaba en la calle de la Celada en casa de tezontle, anchurosa y maciza; labradas eran las jambas de las puertas y ventanas, los diestros cinceles de indios dejaron en ellas ingenuos y prolijos primores; el portón, altísimo, esculpido con la esmerada delicadeza de un retablo, brillaba con sus numerosos chatones de bronce, sus charnelas y cantoneras en las que hacía mil reflejos la luz, y abría el ancho ojo de su cerradura circuído por la complicada filigrana de la chapa; los balcones de hierro vizcaíno, hierro dulce forjado, con torneadas perillas en sus ángulos, los sotenían pies de gallo llenos de torceduras barrocas; el pretil lo remataba larga serie de arcos inversos, en cuyas uniones se erguían gráciles remates; el patio estaba circundado elegantemente por una esbelta arquería como fresco soportal de plaza mayor, que ostentaba el corredor alto, también de columnas y barandado de hierro.

Sobre este amplísimo patio formaba un cuadro azul el límpido cielo de México, resplandeciente de sol, por el que pasaban golondrinas y palomas volando cedo. Por puertas de cuarterones se accedía a las estancias, ya altas, ya bajas, y todas ellas tenían anchura en los ámbitos y elevación en sus techumbres de las que bajaba el singular aroma de sus vigamentos de cedro. Y en el amplio silencio de este caserón magnífico borbollaba una fuente, y de la cuadra, o de la cocina, o de alguna camarilla, surgía a veces una canción suscitadora de dulce tristeza, que se iba envolviendo en la ligera música del agua. También el olor del pan caliente que salía del horno, o la balsámica molienda de chocolate mezclaban sus delicadas trascendencias a la fragancia de los rosales que la esparcían desde el patio porticado en el que se remansaba un reposo profundo y gratísimo.

Don Álvaro de Tavera era arrogante en todo, en el corazón y en la presencia. Empinado era su andar, con pasos muy medidos y compuestos, que iban en perfecto acuerdo con el entono de su voz engolada y magnífica, hecha sólo a mandar. Su mano, blanca y fina siempre con la luciente belleza de una sortija, pasaba y repasaba despaciosa por su puntiaguda barba negra, abriendo y cerrando los dedos en la lenta caricia. Sus miradas nunca subían, sino que siempre cayeron soberbias sobre personas y cosas por lo enhiesto de su cabeza con gran cabellera rizada. Iba por la calle y lo seguían innúmeras miradas admirativas de su gallarda presencia y de la pompa brillante de su vida; ricos y pobres se destocaban con respeto, las manos bajaban los sombreros hasta el suelo para saludarlo y se inclinaban las cabezas; le hacían reverencias y cortesías, le daban enhorabuenas muy melosas, llenábanlo de mil sonrisas. Don Álvaro mostraba disgusto ante tales acatos; pocas eran sus palabras, pero veraces y comedidas siempre; el modo de saludar que él usaba era decir: "buen suceso", "buen viaje"; también: "buenos pasos y buenos hechos". Algunas veces aconsejaba con un asomo de sonrisa: "alegría y buenas obras", y con paso marcial y erguido continuaba calle adelante, digno y noble, levantando admiraciones, promoviendo envidias.

Le hablaban siempre con debido acatamiento y le obedecían, como suele decirse, pecho por tierra. Todo el mundo le guardaba respeto y ante él andaba con atención, advertencia y cuidado. Era don Álvaro persona constituída en dignidad. Su parecer se veneraba y su testimonio se creía sin discrepancia, como si estuviera bajo la fe pública de un notario. No había persona que no cediera ante su autoridad y talento, porque estaba bien acatado y respetado. Se le tenía buena voluntad, pues era liberal y beneficioso. Nadie jamás recibió mal de sus manos. Siempre daba amplio favor y socorro. Sus puertas no las cerraba para recibir a los pobres, para ellos fué siempre contento y descanso. Les hacía buena sombra. Era piadoso y limosnero por lo que a cofradías, iglesias y conventos los enriqueció su desprendida munificencia con amplísimas donaciones.

No había necesidad que se le acercara que no fuese al punto favorecida. Tenía en él quien le acudiera con lo necesario. Una infinidad de viudas y de huérfanos no pasaban, gracias a don Álvaro, miserias ni descomodidades, sino que eran dueños de gustos y regalos. Sabía don Álvaro el delicado arte de remediar desconsuelos y de enjugar las lágrimas de los afligidos. Desterraba el dinero oportuno de este gran señor las tinieblas de las tristezas, y con él sacaba la púa del corazón.

Su misericordia aflojaba mucho el peso de las penas y angustias y con gusto quitaba gran parte de ellas. Era la suya una bondad inexhausta. Así su mano, blanca y generosa, borraba cuidados e iba mitigando penas.

Pero casi enfurecíase si le daban las gracias por lo que había hecho; y si le hacían patente el agradecimiento, así fuese quien fuese, señora de cualquier estado o condición, clérigo, caballero, fraile o muchacho, les mostraba mayor enojo. Se había de recibir el bien y no decirle palabra de reconocimiento; lo contrario haciendo mostraba su enfado con semblante desabrido, y si se insistía en darle las gracias, entonces pujaba la ira hasta lo sumo. Si se contaba algo de lo mucho bueno que había hecho, se ponía tan corajoso que echaba llamas. Quería don Álvaro que su mano izquierda ignorara eternamente las acciones benéficas que realizó su derecha. Anhelaba que sólo dijesen de él que era un egoísta orgulloso, duro y frío, y que lo tuvieran sospechado de extravagancias. Al oír hablar de sus bondades innumerables mostraba ceño y enfado cuando no decía palabras ásperas y de pocos amigos. No quería llevar con templanza los elogios que a muchos bañan en un mar de deleites inefables y los hacen subir, envanecidos, a las cumbres de la dicha, aun cuando sean exagerados o no se los merezcan; pero el vanidoso está persuadido de que los merece y de que son justos, y hasta cree que se quedaron muy atrás de sus merecimientos y que es poca cosa no ponerlos en los cuernos de la luna, sino encumbrarlos hasta las estrellas más altas. Don Álvaro de Tavera no era de la gente de esta laya.

Era don Álvaro de Tavera un espíritu exquisito y sensible, un poco triste, que se rodeaba de magnificencias porque su alma así se lo demandaba con misteriosos imperativos. Su nombre iba y venía por la ciudad entre merecidas alabanzas. Loores también sonaban en su obsequio por las obras buenas que realizaba constantemente en ésta o en la otra iglesia, en el convento de aquella parte o en el de más allá; por la dote con que favoreció a una huérfana pobre; por la pensión cuantiosa que había otorgado a una viuda en necesidad; por la beca que dio a un estudiante. Pero también era el blanco de los acerados tiros de la envidia que nunca falta en los lugares altos. Las malas lenguas de la ciudad de México, de ellas había adunia, se gozaban en desdorar los dorados y deshacer lo que había hecho la virtud. Pobres almas que se gozan de ver caído al prójimo y se entristecen de verle ensalzado; reciben pena de las alabanzas ajenas y alegrías de los vituperios a otro.

Esas gentes ruines no hacían sino criticarle a don Álvaro el amplio lujo en que esplendoreaba, sus paseos, sus saraos que celebrábalos con el más ostentoso y magnífico lucimiento. Mordían mucho y sin cesar en el fausto de su vida. De presuntuoso lo tachaban y también de vano y ostentativo. Decían que estaba tocado de vanidad y prendado de sí. Se tenía por seguro que solicitaba con cuidadosas publicidades opinión de caritativo y bondadoso.

Que pescaba con cascabeles en la caña. Quería la envidia derribarlo por el suelo y ahogarle las debidas alabanzas. A don Álvaro de Tavera no le importaban ni mucho ni poco estas crueles e insensatas habladurías de la gente vana y chismorrera y seguía metido en su lujo aparatoso, igualando su modestia con sus generosas prendas. Continuaba derramando bienes con magnánimo corazón que era tan grande que hallara estrecha posada en el pechazo de un gigante.

De repente don Álvaro desapareció de la ciudad. Por ninguna parte se le veía. Dejó la misma señal y rastro que el humo que se deshace en el viento. Debía de estar en un lugar muy escondido y secreto para que no diese con él la incomparable sagacidad de los alguaciles y los corchetes que por todos lados lo buscaban sin darse punto de reposo y se unían a sus búsquedas constantes así señores principales como humilde gente popular. Se creía que estaba metido don Álvaro en alguna soledad desconocida, que buscó y halló un lugar apartado para ocultarse, puesto que nadie daba con él aunque se removía lo más escondido y se escudriñaba lo más lejano, sin dejar rincón y cueva que no se mirase. Todas las pesquisas resultaban inútiles. Por ningún resquicio se podía asomar la curiosidad de los que investigaban por más que su diligencia era grande y muy sutil su astucia, pues no dejaban lugar que no trastornaran y revolviesen todo entero.

La malignidad empezó a morderlo con infamia. Sus envidiosos malquerientes murmuraban con insidia, que estaba oculto sólo para atraer hacia sí, según su vanidosa costumbre, la curiosidad de la gente para que se hablara de él y cuando apareciera se le mirase más.

De pronto estas hablas malévolas fueron de admiración, se trocaron en muy respetuosas y su nombre se dijo con reverencia en todas partes. Sucedió que un criado que hacía la limpieza de la alcoba de don Álvaro, al levantar el largo tapiz contrahecho de los de Flandes que colgaba de uno de los muros, descubrió una puertecilla y la empujó en el acto con curiosidad de ver que había en el otro lado. Los goznes al girar rechinaron largamente como si gimieran. Era una cámara pequeña, sin más luz que la que descendía de una alta claraboya enrejada. No había allí ni alfombras, ni reposteros, ni muebles preciosos, ni plata labrada, ni marfiles como en las otras habitaciones de la casa cuyo atuendo deslumbraba. El piso enlosado con baldosines rojos, las paredes desnudas. En una mesilla de madera blanca, una calavera, un rosario, un libro de oraciones, unas rudas disciplinas de cadenetas, un candelero lleno del sebo de la vela que en él se puso y quedó consumida. En un rincón y sobre un petate viejo yacía el cadáver del elegante caballero don Álvaro de Tavera con un leño por cabezal.

Acudió a la casa gente del barrio y después una multitud de todos los rumbos de la ciudad. En la fastuosa mansión bullía una gran muchedumbre. De boca a oreja iba la narración exacta. El rico señor no se acostaba nunca en su cama suntuosa de grandillo, cinceladas bronces en los remates, con dosel en la cabecera y colgaduras de brocado, con seis cortinas, cielo, goteras, telliza y rodapié, todo ello con luciente franjín de tela de oro. Colchones altos y suaves de lana cardada, almohadas de voluptuosa blandura para bien reposar, delgadas sábanas de holanda y cobertores orientales sahumados de algalia y de benjuí. Noche a noche, durante años y años, iba a dormir don Álvaro, sin que nadie lo supiera, a este estrecho cuartito encaldo, se echaba en el suelo sobre una estera usada, con un tronco para reclinar la cabeza que andaba altiva por las calles donde se exhibía, diz que muy lleno de sí mismo, hinchado con una pomposa arrogancia.

Debajo de las telas holoséricas de sus trajes, se pegaban cruelmente a su cuerpo varios cilicios de alambre con aguijones, otros con abrojos de tremendas espinas; en su cintura se arrollaba la aspereza de varias cuerdas de ixtle, y en su pecho y en su espalda se habían descubierto anchos ralladores de hojalata cuyos numerosos agujerillos de bordes salientes desgarraban las carnes con cualquier leve movimiento que se hiciera, que, además, estaban abiertas en muchas partes por los agudos pinchos de las disciplinas que, indudablemente, se aplicaba a diario con todo rigor. Sobre sus llagas y numerosas heridas se veía aún la sal y pimienta que se espolvoreaba para condenarse a perpetuo dolor. Los ríos de tormentos había hecho en su cuerpo un mar de sangre. Los médicos dijeron que cuando dormía se le apartó el alma del cuerpo, y un fraile, gran teólogo, aseguró que se fué el espíritu de don Álvaro del destierro a la patria.

EL PUENTE DEL CLÉRIGO

—Desde hace días te veo labrar ese paño de tapicería; retira ya el bastidor y ven, acompáñame. Un amigo mío, muy querido, a quien mucho debo en bondad y en buenos oficios, está enfermo; una grave enfermedad lo acosa. Ya es grave caso de Santos Óleos.

—¿Quién es él?

—Es persona que tú no conoces. Vamos, anda, que el caso apura.

—¿Que no lo conozco, dices? Si yo sé quiénes son todos tus amigos, tus buenos amigos, los que han alargado hasta ti su cordialidad o sus favores.

—Éste que está ahora en trance de muerte no lo has visto nunca. Hacía años que estaba lejos de México, allá por la Tierra Firme, o por Castilla del Oro, después por las islas. Llegó apenas hace unos cuantos días; lo supe, fui a verlo y me lo encontré acercándose a todo paso a la muerte. ¡Pobre Lisardo!

—Vamos, sí. Mientras que tomo el manto, manda que enganchen el carruaje.

—Bien pensado; así iremos más de prisa y nos llegaremos a Santa Catarina en busca de un clérigo para que le prepare el camino a la otra vida.

Este diálogo tenía un caballero con su esposa, ambos gente principal de la ciudad de México. Con sedas y terciopelos andaban ataviados.

¿El nombre de él? ¿El nombre de ella? A él le diremos don Felipe y doña Clara a la dama, pues su rostro era resplandeciente, lleno de finura y bondad. Gracia y sencillez había en esa alcurniada señora que caminaba con erguido continente entre los fulgores de sus joyas. Don Felipe, gallardo, serio, con arrugas de preocupación en la frente; cabellera rubia toda en rizos, y barba corta, puntiaguda; aquilino perfil como para troquelarlo en una medalla conmemorativa que perpetuara una alta ocasión.

Bajaron los dos señores con noble reposo, por la ancha escalera de piedra. La mano de ella iba saltando, grácil y leve, por la pulida barandilla. El coche estaba dispuesto; rebrillaban sus lustrosos cueros, su plata repulida y los negros barnices de su caja colgaba en sopandas que le hacían suave el movimiento. Los caballos, piafantes, probaban "la herraduras de las guijas del zaguán". Se abrieron, rechinando largamente, las pesadas hojas de cedro, en las que estaban esculpidos los complicados escudos de la casa, rematados con yelmos emplumados. Salió rebotando el pesado carruaje. A través de los nubosos cristales se vislumbraba la enhiesta prestancia del señor, con su caja de rapé en la mano y la leve figura de la señora que agitaba su policromado abanico, muellemente reclinada en los cojines de un azul tenue que llegaba a los confines del gris, con ligeros moteados de oro.

—Deja ya preocupaciones, Felipe; que tu frente se limpie de arrugas. Tu buen amigo sanará, no sé qué voz secreta me dice que por esa vida no debes temer. Sosiega el ánimo.

—Penoso es su estado. Me traspasa el alma pensar que no lo he de volver a ver jamás.

—Mírame, ten paz.

Volvió el rostro don Felipe y vio a doña Clara sonreír con leve gracia; mostraba su alma buena en esa sonrisa delicada y fina. Más sombra se le puso al caballero sobre el marfil de la frente; el ceño, de grave, se le tornó adusto. La mano de ella fué a buscar la de don Felipe sobre la seda del asiento. El señor se encerró en un silencio hosco. El coche llegó a Santa Catarina. Mártir remeciéndose suavemente en sus sopandas. Entró el caballero en el cuadrante y a poco salió con un clérigo. Doña Clara besó la mano del Padre y éste, muy cortesano y pulido, se la besó después; y se sentó de espaldas al vidrio. El carruaje partió ligero al trote elegante de sus caballos braceadores, de color ruano, por cuyas ancas lustrosas resbalaba la luz. La señora y el clérigo hablaban de mil cosas baladíes, en las que doña Clara ponía donaires y él latines elegantes.

Llegaban sombras a la tarde, absorbían su luz; iban diluyendo las rosas sutiles, los amarantos nácares que brillaban en el ocaso. El ambiente era de dulzura y de paz; todo daba idea de una vida apacible y serena, que iba por un cauce quieto, sin turbulencias. Don Felipe seguía ensimismado, lejos de aquella delicada placidez que tanto bien hacía al corazón.

El coche se detuvo en el estrecho y polvoriento callejón del Carrizo, hacia donde había dicho antes don Felipe que guiase el cochero. El lacayo, muy ceremonioso y muy tieso, abrió la portezuela y se apearon los tres señores. El clérigo, con ademán elegante, ofreció la mano a doña

Clara para que bajase por el estribo que, al abrir la portezuela, se desplegó en varios escalones tapizados de la misma seda moteada de oro que recubría el interior del carruaje, y por ellos fue descendiendo la señora toda crujiente de sedas.

—Vuélvete a casa —dijo al cochero con voz de mando, don Felipe—. A pie seguiremos nosotros hasta donde tenemos que ir.

Se pusieron en marcha; la señora levantaba con gracioso y repulido melindre sus ampulosas faldas para que no arrastrasen por el polvo su trepa de encajes, y dejaba ver sus chapines a lo ponleví, de tres corchos, con virillas de plata y ancha hebilla de oro, y el comienzo de sus medias filipinas de las de la marca. El clérigo también recogía su sotana y el vuelo de su amplio manteo de buen paño catorceno, y seguían entrambos con su plática sencilla de cosas sin importancia. Don Felipe iba adelante, huraño, cabizbajo. Algo fatal lo perturbaba.

Sí, algo muy grave turbó la serenidad de sus días. Hacía tiempo que tenía en el rostro la quietud y alojaba en el pecho la tempestad. Lo abrasaba un incendio de celos y le encendía el alma de furor, pero mostraba amigable semblante encubriendo engaños en el corazón. ¿Tenían fundamento estos terribles celos? ¿No tenían fundamento alguno? ¿Eran indebidos? ¿Lo engañaba su mujer? ¿No lo engañaba? Para persuadirse de una cosa o de la otra, saber si le era fiel su doña Clara o le componía mentiras y engaños con artificios, disimulando con docta hipocresía, decidió llevarla con algún fingimiento a un lugar solitario, que un sacerdote la oyera en confesión después obligar a éste a que le revelara lo que ella le hubiese dicho, para así entrar o bien en tranquilidad, o dar a la perjura el castigo merecedor por haberle manchado la honra. Mostró indiferencia para que no sospechara doña Clara. Estaba dañado en el ánimo y sano en lo que demostraba de afuera.

Partió el carruaje. La dama, el caballero y el clérigo siguieron adelante, y llegaron al puente que saltaba tosco de lado a lado de la ancha acequia que venía corriendo del lago hacia la ciudad. La noche había salido entera a apagar el día; llenó toda la tarde, oro y azul, y sacó la lumbre de plata del lucero que temblaba en aquella inalterable paz que hacía más intensa la lejana y pura voz de una campanita conventual.

Gritos de doña Clara; altivas protestas de inocencia; lágrimas; súplicas al sacerdote; sus ruegos, con dulce voz demandando piedad, cuando supieron entrambos que no había tal amigo enfermo en riesgo de muerte, sino que determinó don Felipe matar allí mismo a doña Clara, porque lo engañaba. ¿Con quién? Quería saberlo para que al maldito le tocase igual castigo. Salían sus acusaciones broncas, duras, sin ningún fundamento y envueltas terriblemente en maldiciones. Sacó, al fin, su daga y obligó al clérigo a confesar a doña Clara; con un empellón brutal la echó a los pies del sacerdote, y luego se puso acodado en el repecho del puente a ver correr el agua que con resonante rumor pasaba por debajo de las maderas. La señora toda congoja y desolación decía sus pecados.

Acabó de vaciar su alma doña Clara y entonces don Felipe, con grandes amenazas de muerte, quiso obligar al clérigo a que le dijese lo que su mujer le había confesado. Clama el padre que es imposible violar el sigilo de la confesión. No recuerda ya lo que le dijo doña Clara, no lo sabe. Que obrara el caballero como más a bien lo tuviera, y después allá con Dios y su conciencia. Lleno de ferocidad insiste don Felipe en saber lo que doña Clara ha confesado; blande el puñal en el aire, con terrible saña, sin dejar de proferir grandes blasfemias que parece se cuajan en el aire y aumentan la obscuridad de la noche.

El Padre quiere salvar su vida; salvar también anhela la de doña Clara. Parece acceder a la pretención de don Felipe, pero, le asegura que lo que en confesión había oído, sólo en confesión lo puede revelar; y que, apremiado por las circunstancias que estaban en su contra, se confesaría con él, y diciendo y haciendo, sin dar tiempo a que viniera la reflexión, se puso de rodillas y sentó al caballero en el antepecho del puente, y con toda diligencia, le levantó bien alto los pies para arrojarlo con violencia a la acequia, pero don Felipe, con ese brusco e inesperado movimiento, clavó el puñal, que no había soltado de la mano, en el cráneo del buen clérigo, a quien entre borbotones de sangre se le salió la vida del cuerpo y fué a caer muerto sobre el pecho de su heridor, acelerando así la caída de éste, que dió de cabeza en el agua, quedando sepulto después entre el lodo del fondo. Doña Clara corrió despavorida, poniendo en la noche sus gritos.

Por este suceso se le llamó a ese puente el "del Clérigo".

LA PAGA DEL FRAILE

Era un convento blanco y chiquito que difundía su paz en el fragante paisaje de pinos que le circundaba. Adivinábase en esa santa casa toda claridad y sencillez. Había allí una vida humilde, plácida y quieta que gozaba de la contemplación de las cosas creadas. Y así, en esa morada todo era apacible, dulce. En los patios pequeños, con arcadas blancas, se asentaba el silencio; se acogía un gran sosiego en sus claustros refulgentes de limpieza con su ancho friso azul. ¡Qué grato era reposar en el refectorio con sus paredes tendidas de cal nítida! Qué suave sensación de pureza en esta casa franciscana retiro de la más estrecha observancia. Era un hogar para el alma. Ahí no interrumpía el corazón sus comunicaciones con los ángeles. En su huerto con agua que corría paralela por las acequias, y en su iglesia, recatada, pequeña, sin elegantes primores arquitectónicos, pura y simple, envolvía al espíritu un gran bienestar, se estaba en sus ámbitos embebido en la dulzura del trato celestial. Con qué deleite en aquellas celditas con ventanas hacia el campo por donde éste metía sus mil aromas, su frescura y el canto constante de sus pájaros, se daban los frailes muy despacio al ejercicio de la oración y levantaban el pensamiento de las cosas corporales y traspasaban a las eternas. Entre estos muros enlucidos se estaba en profunda y alta contemplación.

Era una delicia este convento franciscano con su recogida intimidad, con su silencio, remanso fragante entre las agitaciones del siglo. No daba sensación de vida austera, de rigores ascéticos, sino de humildad, de suave contento, de la alegría tranquila del Serafín Humano para el que todo fué gozoso y estaba lleno de ternura y serenidad.

Viendo blanquear entre el verde boscaje esta santa casa de los franciscanos, se anhelaba irse a recoger en ella para suavizar dolores, aquietar penas, echar en lo hondo del olvido recuerdos que contristan. Ahí las lágrimas se volverían en una fuente copiosa de gozo. Esas campanas tan límpidas, tan madrugadoras, parecían llamar a las almas torturadas a tan placentero refugio. Atraía en los claros días de sol. ¿Cómo estarían aquellos patios de luminosos, atravesados de vuelos de golondrinas? ¿Cantarían sus fuentes con un son continuado y rítmico? Qué luz tan diáfana, tan cernida y tan suave se esparciría a través de los recios vidrios emplomados, y qué bien se leerían en el huerto esos gruesos infolios de San Buenaventura, de San Agustín, de Santo Tomás, de Juan Duns Escoto, de Cornelio Alápide, entre el rumor de los árboles, entre el rumor claro de las acequias, interrumpiendo de cuando en cuando la lectura para oír el largo trino de un pájaro.

Atraían igualmente al convento los días lluviosos, sumergido entre aguaceros. Qué entretenimiento inacabable el estar viendo llover desde los claustros y ante los canalones que lanzaban su impetuoso chorro se iba a estrellar sonoro en el pavimento, y sobre aquel vasto son percibir apenas la vocecilla de la fuente que se unía con timidez infantil en un concierto íntimo, espiritual.

Qué gozo también escuchar el canto litúrgico de los frailes que pasaba solemne entre la lluvia que caía interminable, e ir a asomarse al pozo por encima del brocal de piedra cuya agua quieta mostraba un relumbre constante y la que le caía del aguacero, resonando entre las paredes, le turbaba su serenidad y manteníala moviéndose en ondas y ondas continuas. Cómo descansará el espíritu viendo desde las ventanas de las celdas la verde campiña bajo la llovizna apacible y blanda. Y en el hondo reposo de la noche serena, contemplar desde estas mismas ventanitas las estrellas que fulgen con reflejos rojos, azules, verdes, amarillos. El campo subiría sus múltiples fragancias y ruidos, un perro ladraría a la distancia. Los ojos no se apartaban de aquel titilar innumerable, y bajará a la memoria el recuerdo de un poeta que vio conmovido esta fulgente polvareda de astros y los labios dirán como una oración sus versos:

> Cuando contemplo el cielo
> de innumerables luces adornado,
> miro hacia el suelo
> de noche rodeado
> en sueño y en olvido sepultado...

En la memoria se quedará detenido un pregusto delicado, delicioso. Se sentirá uno feliz, blandamente feliz. Las estrellas seguirán en su luminoso parpadeo; los ojos no se podrán apartar del tremelucir de aquella tan refulgente y sola; el agua seguirá corriendo presurosa por sus cauces y el silencio y la paz continuarán envolviéndolo todo.

Quería San Pedro Alcántara que los franciscanos viviesen en conventos pequeños, y por esta forma que ideó el Santo construyó así Fray Bartolomé de Almagro este diminuto monasterio. Fray Bartolomé de Almagro delineó y formó en su entendimiento la fábrica y en seguida se hizo en un papel la traza minuciosa. Fué abriendo los cimientos y los macizó con piedras firmes; alzó luego paredes y en ellas dibujaba con su mano monteas de arcos y escaleras para hacer luego el despiezo, sacar plantillas y señalar los cortes. Asentó las cornizas, capiteles y pilares. Señaló la planta que quería que tuviese su templo. Él, ayudado de tres legos del Colegio de Propaganda Fide de Santa Cruz, de Querétaro, y de unos canteros animosos, lo hizo todo. Andaba por las calles de puerta en puerta con un fervor y un no parar, allegando limosnas para labrar la casa. Tenía una palabra dulce y persuasiva, por lo que todo el mundo cumplíale sus deseos y peticiones. Traspasaba los aledaños de la ciudad e iba por los caminos, con lluvias o asoleados, en demanda de ayuda para su obra y llegaba hasta la Puebla de los Ángeles con tan piadoso fin.

Así reunía poco a poco dineros suficientes, y, poco a poco también, levantábase del suelo el edificio. Se cortaba madera y piedra. Los ingentes muros crecían; se iban cerrando las bóvedas, se juntaban los arcos y se tendían los vigamentos; otras techumbres cubríanse con cabríos y ripia; se forjaban ventanas, se hacían puertas, se fabricaban los maderamientos curiosos. El convento lo iba alzando la caridad y la limosna. Quedó al fin erigido el pequeño convento. Estaba lleno todo él de sencillez y de claridad como el alma de San Francisco, su patrono y titular.

Fray Bartolomé de Almagro cuando lo vio concluído estuvo toda una noche con los brazos en cruz dando muchas gracias a Dios por la merced recibida. Era maravilla de que a pesar de ser tan viejo Fray Bartolomé no se cansara nunca de estar en esa posición penitente, sin sentir la más mínima fatiga. Se decía que el ángel de su guarda le sostenía los brazos para que no se le desmayaran. Era ya un viejecito este fraile, ingenuo y sonriente, con apacible dulzura de niño bueno y salados donaires en sus pláticas. Desde muy muchacho fué por el camino recto de la perfección; quebrantó el orgullo de su mocedad y supo adormecer sus apetitos. Le hizo a Dios gustoso sacrificio de la afición. Vivía en la pobreza en medio de sus esplendores de rico. Huía de lo que tenía a su mano. Cuanto hubiera de elegante, de bello y fastuoso en el mundo, él podría haberlo gozado ampliamente, pero sufría mengua en la abundancia; del deleite sacaba solamente hieles y rabias. Puso su gusto en la Iglesia y se vistió el áspero sayal de los franciscanos. Ya en religión trataba a su cuerpo con suma crueldad, le decía que no, y que no a lo que deseaba y cargábaselo de penas a toda hora. Se vestía casi de cilicios y observaba mil austeridades y ayunos. Pasaba éstos rigurosamente comiendo sólo pan y bebiendo sólo agua. También era singularísimo en la poquedad de su sueño. "Lo que dormía era sentado, la cabeza arrimada a un maderillo que tenía hincado en la pared".

Cuando andaba por los caminos "jamás se puso la capilla por grandes soles y aguas que hiciesen, ni cosa en los pies, sino un hábito de sayal, sin ninguna otra cosa sobre las carnes, y éste tan angosto como se podía sufrir, y un mantillo de lo mismo encima que en los grandes fríos se lo quitaba y dejaba la puerta y ventanilla abierta de la celda, para que, con ponerse después el manto y cerrar la puerta, contentaba el cuerpo para que sosegase con más abrigo". Decían de este Padre tan lleno de indulgencia y bondad, que tenía grandes arrobamientos e ímpetus de amor de Dios. Muy a menudo quedábase en éxtasis, largo rato fuera de sí, contemplando imponderables cosas del paraíso y luego refería sus celestes visiones, y los que le oían decir esas cosas parece que las miraban en dibujo, a pesar de que lo que no es visible no puede ser figurable, con lo que se quedaban todos embelesados, con un delicioso sabor entre los labios, así como de miel.

En todos los conventos se adornaban los muros con grandes cuadros devotos. Los hay en el refectorio, los hay en la sala de *Profundis*, en la de capítulos, en los claustros, también se ven unos muy anchos entre grandes marcos dorados. ¿Cómo haría —se preguntaba perplejo a sí mismo Fray Bartolomé—, para alhajar su casa con algunos de ellos? Sólo le había puesto aquí y allá rótulos escritos en las paredes con recias letras negras que eran advertimientos para recordar al que leyere, la humildad, la santa obediencia, el desprecio a las vanidades, y que no se olvide de las terribles quemazones del infierno y de la hora fatal de la muerte:

> Dispónte a morir ahora
> que en la muerte ya no es hora.

En el reloj de sol que estaba en el pretil de uno de los patios, le escribió en torno con caracteres colorados este versículo de San Mateo: VIGILAD PORQUE NO SABEÍS EL DÍA NI LA HORA, y en otro cuadrante que se hallaba en la puerta, le puso esta otra divisa, compuesta con ingenioso juego de palabras: ORA, PARA QUE NO TE SORPRENDA LA HORA. Y en la puerta de entrada, debajo de una cruz bermeja, se decía en latín esta salutación:

> Dominus
> custodiat introitum tuum
> et exitum tuum

que equivale a EL SEÑOR TE GUARDE AL ENTRAR Y AL SALIR. PAZ Y BIEN, estaba escrito en el locutorio. En la pared testera del refectorio se leía: GRATIAS AGIMUS TIBI DOMINI PRO UNIVERSIS BENEFITIIS TUIS. *Te damos gracias, Señor, por tus inmensos beneficios.* Y en la sala de capítulos: NOMINE DOMINE: *En el nombre del señor*.

No faltaba ciertamente literatura piadosa en los muros blancos, hasta estaban escritas las historias de varios milagros estupendos, obrados por insignes varones de la orden seráfica, pero Fray Bartolomé de Almagro, que desvelábase por el adorno y policía de su casa, no tenía más pensamiento que decorar las paredes con algunos lienzos pintados para que tuviesen ornato y hermosura. Tanto había dicho esto por la ciudad, que llegó la noticia de sus deseos a oídos de un pintor excelente que sabía sacar imágenes muy perfectas y hermosas, y tan a lo vivo, que no les faltaba sino hablar.

Llegó el afamado artífice al convento a ver a Fray Bartolomé. Su palabra era tranquila, afectuosa, y en sus ademanes había un cordial señorío. El fraile adivinó luego en él a un hombre delicado y sensitivo. En un dos por tres quedó el contrato a satisfacción del fraile y del pintor. Dijo éste que estaba pobre, muy necesitado de trabajo porque tenía mujer e hija por casar, y que su caudal lo puso todo, en mala hora, en las manos impuras de un amigo falso y fullero que se lo llevó íntegro, usando de un cierto fraude y engaño, lo que fué como arrancarle el corazón y beberle la sangre. Las quejas del pintor tenían una mansedumbre inefable. La serenidad había tersado su vida.

En una celda de buena luz se puso a la obra el maestro. Con rara invención componía los asuntos, con hermosos lejos, claros y obscuros. Formaba las figuras con exquisita variedad de colores. Trabajaba con febril actividad, pues hallábase urgido de dinero porque muchas cosas necesarias faltaban a su familia y no había con qué sustentarla. Pronto quedó concluido un alargado y espiritual San Francisco predicando a los pájaros con los brazos en alto y entre mirtos y rosales en flor; después le dio otro lienzo precioso, en el que se representaba el fraternal abrazo de Santo Domingo y San Francisco, "del que se decía tanto bien", ante una lejanía de cipreses y montañas azules. Dos ángeles desde unas nubes rosadas veían a entrambos santos; uno de los serafines tañía un laúd y el otro un rabel. Y en seis días escasos terminó con leyenda y todo la portentosa impresión de los estigmas por un querubín de pomposo ropaje amaranto y verde, que era el Señor. Los frailes estaban admirados. Se deleitaban contemplando las pías imágenes y viendo al maestro cómo iba delineando con el pincel y el entendimiento tantas y tantas cosas hermosas. Fray Bartolomé no sabía cómo explicar su admiración y su gusto, sólo levantaba la cabeza y la movía lentamente a la par de las manos.

Ya estaba el artífice para emprender otro cuadro en el que se iba a erguir como una esbelta azucena Santa Clara de Asís destacando su blancura entre un simbólico hato de ovejas, cuando un corsario le trajo un papel en el que leyó que su hija se moría, y la esposa, que era quien se lo enviaba urgíale con premura la vuelta a casa. Fué a pedir el dinero convenido a Fray Bartolomé, pues estaba lleno de angustia desesperada. Fray Bartolomé hallábase orando en una minúscula capilla encalada y con múltiples brillos de azulejos, que muy grácil se alzaba en el huerto. La Porciúncula, le decían los frailes. A pesar de su ansiedad por partir para buscar médicos y comprar medicinas, no quiso romperle a Fray Bartolomé el hilo de su plegaria. Al fin salió el fraile de la capilla; venía por un sendero orillado de laureles, cuando le salió al encuentro el pintor, que le dijo su cuita.

—Hijo mío, no hay dinero ahora en esta casa con que pagarte. Fui ayer a buscarlo con uno de nuestros benefactores y se había partido de la ciudad; otro, Dios lo perdone, murió hacía cuatro días; yo lo ignoraba; otro, no tuvo qué darme, su voluntad era mucha, pero mayor su pobreza. Regresé con las manos vacías. El Señor no quiso, Él sabe por qué, que yo recibiera ningún bien. ¡Bendito sea su santo nombre! Tú no penes, hijo: vete en paz a tu casa; tendrás pronto el dinero que tanto necesitas, el que yo te prometí y ahora no tengo. Te lo mandaré con el corsario o con alguno de los legos. Mira, llévate estas rosas para tu consuelo. ¡Qué encarnadas son y qué fragantes! ¡Qué maravillas hace Dios! ¿Has visto tú en el mundo algo más bello que una rosa?

Al decir esto cortó Fray Bartolomé muchas flores de un rosal y las puso dentro del costalillo que llevaba el pintor colgado del hombro para echar en él los comestibles que iba a adquirir para aliviar la miseria de sus gentes. No dijo nada el buen hombre; no sintió pena alguna por la falta de dinero. Sonrió dulce y apaciblemente y puso los labios con gran reverencia en la mano raigambrosa y senil del fraile, que luego subió trémula para bendecirlo lentamente.

Se fué el pintor y ya iba haciendo su camino en alazán, cuando sintió que el costalillo le pesaba. ¿Por qué pesaban tanto las rosas con que lo regaló el anciano Fray Bartolomé de Almagro? Al desprendérselo del hombro oyó un son claro, fino, tintineo, que le puso sorpresa. Descorrió los cordones y sus ojos llenos de asombro, solamente vieron muchas monedas de oro. Con mano temblorosa sacó un puñado de ellas y el sol les puso mil refulgencias. Volvió la cabeza el pintor y a la distancia contempló entre el verde boscaje el convento, blanco y chiquito, de los franciscanos de que se alzó una banda de palomas.

ESTA ES LA LEYENDA DE LA CALLE DE LA JOYA

No tenían razón de ser los celos desproporcionados de don Gaspar Figueroa. Su pecho andaba combatido de eternas dudas. Era como un infierno portátil. No podía sosegar con descuido porque su vida no estaba sino con cuidados. El sueño huía de él y cuando llegábale a los ojos no era tranquilo por la furia que traía embutida en el fondo del alma. Siempre estaba desvelado, pues no le era dable tener paz por hallarse lleno de imaginaciones. Su desatino fantaseaba. Figurábase mil visiones y las creía verdades. Todas las especies hacían asiento en su corazón. Pero estos celos eran absurdos, de aceptación imposible porque doña Florinda era honesta, llena de cordura, de seso de gravedad. Tenía recato honesto en sus palabras, profesaba modestia y recogimiento. En la limpidez de sus ojos azules salía la claridad de sus pensamientos y jamás caíasele una sola palabra descompuesta. Mantenía un lenguaje sobrio, igual, siempre circunspecto. Siempre también se contenía en los límites de la discreción. En su trato guardaba gravedad y mesura.

¿Entonces, por qué aquellos celos furibundos de su marido? ¿Por qué a menudo le alzaba la voz y le iba a revolver en los armarios, en las arcas, en los cajoncillos de sus bargueños, en sus cajuelas? Don Gaspar, siempre febril, buscaba una cosa que no hallaba nunca para asentar en ella sus graves sospechas. No salía jamás de su casa doña Florinda; ahí encontraba útil y agradable entretenimiento. En todo andaban vigilantes sus grandes ojos claros, de mirar sereno. No había rincón en que no se posaran para ver si había polvo y pelusa o telaraña. Sus manos diligentes entraban en los arcones de la ropa blanca, en los tallados roperos en que se guardaban entre delicadas fragancias, el esplendor magnífico de los grandes trajes de brocados, gorgoranes, ricomas y jametes; sabían guisar suculentos manjares con delicada gracia; amasar la dorada delicia de panecillos y de mil frutas de sartén y de horno que eran exquisito embeleso del paladar, y dulces gloriosos de complicada labor que exaltaban los sentidos, hechos según los santos formularios de las señoras monjas bernardas, concepcionistas y clarisas, singularmente sabias todas ellas en el noble arte coquinario, pues tenían casi un *quid divinum* para la excelsa composición de sus guisados y confituras. Las manos leves y delicadas de doña Florinda sabían planchar a las mil maravillas y esponjaban con primor las chorreras de encaje de las camisas y los leves de los puños para que saliese la mano como de una corola; sabía bordar con mucha curiosidad, una extraña flora tendida en los paños de seda. Alegría perenne de los ojos aquellas floraciones multicolores y aquellos pájaros extraños que volaban entre nubes azules. Andaban las manos de doña Florinda como una blanca idealidad por las páginas miniaturadas de su Libro de Horas o resbalaban, plácidamente, por las cuentas de su rosario de nácar.

Todo lo atendía, todo lo ordenaba doña Florinda. Iba de los salones —colgados de tapices de suaves tonos amortecidos, con retratos antiguos que se asomaban en marcos aparatosos, con profusas arañas de cristal, sillones de caderas, tibores, alfombras de alta lana que suavizaban la pisada—, hasta los tinelos de la servidumbre y los desacomodados zaquizamíes en que se guardaban la triste inutilidad de las cosas ya vencidas, inservibles por viejas. Gobernaba la casa con pulso, con sabiduría, con un dulce mandar. Con gusto se acataban sus órdenes que solamente iban entre blandas sonrisas. Desechaba la vana prodigalidad de los gastos. Pero si era pródiga para hacer el bien. Había un orado en su mano para todo lo que fuese caridad. Acudía ampliamente con el remedio en ella y no en la lengua. Muchos huérfanos se hallaron bajo su amparo; a gran número de pobres dábales el sustento que pedía su necesidad; enviaba suntuosas y regaladas comidas a los hospitales; levantaba a gentes honradas que habían venido a la miseria. Cualquier pena tenía a doña Florinda de Acuña muy a su favor en todos tiempos. Iba a misa, siempre a las primeras de la mañana, al rosario, a las novenas, a los trisagios, nunca a los saraos, jamás a los paseos. Vida recatada, silenciosa, con dulce resignación. Soportaba serenamente las turbulentas furias del marido y les oponía más que la suave blancura de sus ojos claros, el dolor de una leve sonrisa.

Muchas veces preguntábase don Gaspar por qué dudaba de su esposa, por qué vivía probando constantes acíbares de celos, y no se daba nunca respuesta cabal. La veía fiel, sumisa y dócil; la veía con aquel recato ejemplar, pero, a pesar de esto dentro de él le andaban convulsas oleadas de pasiones que le ponían fiera la cara. Pensaba consigo a solas si es o no es y no hallaba nunca en qué hacer hincapié. Sus celos pasaban los límites de la razón. Ansiaba encontrar una prueba suficiente para cerciorarse que él creía certeza, y por no dar con ella estaba sujeto al furor y a la locura de la impaciencia. Se le mezclaba el alborozo de no hallarla con el desabrimiento de que no la encontraba. Combatían su corazón contrarios pensamientos.

De repente saltaba sobre doña Florinda y asíala con fuerza loca por entrambas manos y sus ojos que sacaban afuera el enojo, los pegaba a los tranquilos de ella, queriendo que sus miradas de fiera se le fuesen por ellos hacia el corazón, para descubrir el escondido secreto que allí guardaba. Decía una tremenda blasfemia y rechazaba a la esposa con violencia; cogía después una silla lleno de rabioso furor, y con ímpetu desenfrenado, azotábala contra el suelo, o lanzaba por el aire un jarrón y lo estrellaba sobre un mueble, y se iba enloquecido, agitándose en violentas convulsiones de rabia. Daba una patada aquí y un empellón allá. Levantaba contra él una deshecha y trabajosa tempestad. Y así todos los días. Encorajinábase y echaba por aquella boca sapos y culebras, mil suciedades y mil venenos. La vida de doña Florinda era más desabrida y amarga que la misma muerte. Don Gaspar sólo usaba de lo que era rigor, posesionado siempre de una terrible cólera. Lágrimas empañaban a menudo la diafinidad azul de los ojos de la buena señora y miraba con tristeza a una Dolorosa con rígido traje negro y con espadas de plata en el pecho. El rostro acongojado de la Virgen parecía animarse y sonreír con una sonrisa de bondad suprema y de inefable tristeza.

¿Pero de dónde salió, de dónde, aquel don Álvaro Alcántara, fanfarrón, engreído y altanero, que creía que era suya toda mujer en la que ponía sus ojos de un verde diabólico? Estaba persuadido de que no había en México una sola a quien no le cautivara la voluntad llevándose tras de sí el corazón que quería su antojo. ¿Por qué dirigió sus malos pensamientos a la dulce doña Florinda de Acuña? Siempre se puso este hombre en cadenas de locas aficiones. La vio salir de la iglesia y quedó prendido en el delicado hechizo de sus encantos y la fué siguiendo hasta no saber dónde era su morada.

No encontró en los criados por más amplias dádivas que les hizo, manos viles y terceras que le llevaran a su ama billetes y regalos de joyas con lo que creía el menguado rendir aquel corazón fuerte, de segura virtud, así como a otros los sujetó a su señorío de burlador con tan buen unto como el dar. Doña Florinda no reparaba en don Álvaro, pasaba junto a él, alta y garbosa, entre el fru fru amplio y halagador de sedas agitadas por su andar apresurado. Más se le encendió al infame la voluntad y el deseo en esta fría indiferencia. Los ojos se van siempre hacía aquello que deleita. El imposible amor de don Álvaro Alcántara lo transportaba y traía fuera de sí. Todas sus potencias estaban ocupadas y exaltadas con ese querer. Parecía persona fuera de juicio. Era audaz y acometió siempre trances mal mirados. ¿Qué haría para atraer hacia sí el corazón de doña Florinda? ¿Cómo quebraría su desvío?

Estaba una noche esta señora leyendo al extremo de una mesa con roja cobertura de terciopelo, a la luz de un velón de plata, temblorosa y amarilla. Tenía la atención gozosamente detenida en el libro. Su amenidad la aislaba del mundo. De pronto dio un largo grito y rápida se puso de pie. Se fue rodando su voz por el silencio de toda la casa. Un hombre elegante que saltó por el balcón estaba hincado de rodillas a sus pies, diciéndole arrebatadoras palabras de amor. Le besaba los galones de la fimbria del vestido ampuloso y quería a todo trance ponerle también besos en las manos, que aleteaban con temblor de susto.

    Doña Florinda estaba azorada. El espanto le heló el alma. La sangre huyó de todo su cuerpo y mostraba palidez cérea; se diría muerta, pero sus manos agitadas y sus ojos trémulos apenas anunciaban vida. Oía como distante, fuera del tiempo y del espacio, aquellos delicados conceptos de amor. Veía un corno fuego muy lejano que aun con estar así le quemaba el pensamiento, y enojo y aseo le sacaba del alma. Grande fué la indignación que se levantó en todo su ser al sentir que aquel hombre extraño le había tomado una mano y le quería poner en la muñeca un brazalete todo refulgente de pedrería y con fino tintineo por los múltiples colgajillos que de él pendían.

    —¡Váyase, váyase de aquí! ¿Quién es usted? ¿Qué quiere?— era lo único que doña Florinda acertaba a decir, con palabra anhelante que adelgazaba el miedo.

    Volvió al mundo al sentir el contacto de aquella mano fría. Su alma se hallaba movida de indignación. A don Álvaro Alcántara se le deshacían los designios. Ahí se turbó su audacia y le huyeron sus intentos. Estuvo indeterminado sin saber qué partido tomar. Se puso de pie y fué a dar al balcón empujado por las manos y las voces airadas de la turbada señora, y apenas echó el pie sobre la baranda para ponerlo en la movible escala por la que había subido, cuando apareció en la habitación don Gaspar, pues indudablemente aquellas voces lo llamaron y lo hicieron venir. Entró hecho un volcán, vomitando así como fuego y piedra azufre, y apenas vió al que huía, se fué tras él y levantó la mano armada con el puñal, pero ya don Álvaro estaba envuelto entre la noche, y al ver que no lo pudo sacar de la vida con su puñal se fue con éste contra doña Florinda, quien expiró a la segunda puñalada.

Como don Gaspar conocía bien a aquel libertino habitual, se fué llameando en su busca, tras de recoger del suelo el brazalete al que la sangre de doña Florinda le había cubierto el brillo a mucha de su pedrería. Con muy tendido paso se dirigió a su morada, un desmesurado caserón de piedra en la misma calle. Dio unas recias aldabadas a las que sólo respondieron los ecos. Como nadie le abría, su enfurecimiento era cada vez mayor. Lo hacía hervir la ira. Tomó el brazalete ensangrentado y con puñal lo clavó en el portón, y en el acto vino de golpe a tierra don Gaspar y echando una bocanada de sangre dio el fatal tributo a la muerte.

Al día siguiente al salir de su casa don Álvaro de Alcántara vio el cadáver de don Gaspar Figueroa, y en la puerta, fijo el puñal, el brazalete magnífico, todo refulgiendo a la luz del sol. Era una joya suntuosa y complicada: ancho aro de sutil filigrana de oro en la que saltaban los chispeos innumerables y versicolores de las piedras preciosas; colgaban de él finas cadenillas de diamantes y con su continuo movimiento brincaban multitud de reflejos, y las remataban también diamantes, pero de los rosas y grandes. Eran múltiples colgajillos que terminaban como inquietos hilitos de agua que terminaban con una gota gruesa llena de luz.

Don Álvaro de Alcántara al ver la joya y el muerto, al punto dedujo bien lo que había acontecido. Se dijo que el arrogante burlador entró fraile en la religión carmelitana.

SOL Y LUNA EN CONJUNCIÓN

El virrey don Francisco Fernández de la Cueva, duque de Albuquerque, trajo de entre los dos de su familia a un don Diego de Luna, señor de mucho linaje, pero de poquísimo dinero, que ansiaba venir a estas partes para levantar fortuna. Tuvo buena estrella don Diego de Luna. El Virrey le hizo franquezas y liberalidades con las que se mejoró muy aprisa; y así creció como la espuma. Todas sus cosas tuvieron prósperos y felices fines. Casó con dama rica y principal y con este enlace encaminaba como buen navío con viento en popa y mar en bonanza. Tuvo un hijo, Enrique, quien también rebasó de bienes. La vida, como al padre, lo llenaba de todo género de riquezas. Hizo boda suntuosa y de provecho y llegó a su hora final cargado de honras y haberes. Su mujer, una doña Bárbara de Orduña, murió de sobreparto, y el hijo, Enrique también de nombre, creció entre pompas y halagos. Siempre anduvo muy fastuoso y respladeciente el mancebo. No oía más que lisonjas que le alegraban el oído. De entre los pies le nacían los bienes y sin saber cómo se le multiplicaban ventajosamente.

Este elegante caballero se dejaba llevar por la prodigalidad. En lujos y superfluidades vertía bastante de su caudal. Iba gastando continuamente por cien manos. Se desdeñaba de la economía. Comidas, saraos, paseos, meriendas, regatas y cacerías, le llevaban mucho de su dinero. En su casa llena de criados envueltos en sedas y terciopelos con galones, se vivía casi en una continua y esplendorosa fiesta, con buenos vinos, y buenos guisados y música que abrían la puerta al contento. Tenía la música jurisdicción en el alma de don Enrique de Luna. Sabía cantar muy a la perfección a la arpa y a la vihuela. Ordinario asunto de sus canciones eran los acaecimientos, diz que los gloriosos, de sus mayores.

Todas las mujeres se recreaban con la dulce suavidad de su voz lo mismo que con los trinados que sabía sacar muy hermosos a la guitarra. La mano puesta en el instrumento parecía lengua que hablaba. Era don Enrique de Luna muy de la amistad del Virrey, tenía plato en su mesa y cojín a lado suyo en el presbiterio de la capilla palatina. Se les veía cabalgar juntos en el paseo de la Alameda y en el de la Orilla. De la misma tabaquera —oro, perlas y esmaltes azules—, tomaban rapé habanero que era como sol en polvo y selva tropical. A Su Excelencia lo recreaba don Enrique con regalos. Joyas, porcelanas ultramarinas, marfiles, muebles de hechura curiosa, tapicería de gran caída, pasaban de sus manos dadivosas de rico a las de don Bernardo de Gálvez. Siempre estuvo con él franco y liberal. Le hacía fiestas, ya en su ancha casa solariega del Puente de Alvarado, ya en su finca de placer en San Ángel, regatas y naumaquias en los floridos canales de Xochimilco, a las que asistía todo el elegante y adinerado señorío de México entre sedas y fulgores de joyas. Los convites de don Enrique de Luna sobrepasaban en magnificencia a los del virrey Gálvez, que eran también costosos y suntuosos. A los magnates de la corte los oscurecía con su claridad. Nadie se la podía ganar en demostraciones de riqueza. Comparados con él no hacían proporción alguna los más ricos de la ciudad. No tiene semejanza con el cielo, la tierra.

Doña Sol de Olmedo, doncella gallarda y grácil, quedó suspensa y elevada con la dulzura meliflua de su música. Con ella le enhechizó el corazón don Enrique. También don Enrique tuvo la voluntad prisionera en el Argel de sus ojos verdes. Concentraron bodas y a poco las celebraron con singular boato; asistió a ellas todo lo purpúreo y brillante de la ciudad. Don Enrique entregó abundantes limosnas a los conventos, vestido completo de buenas telas a doscientos pobres y a su costa se dieron corridas de toros para regocijo de la gente popular. Con gran atuendo alhajó su casa don Enrique; quedó muy colgada de brocados y damascos, y entapizada con suaves alfombras de Chinchilla, de Cuenca, de Orán; lacas y maderas talladas y olorosas se veían por dondequiera; la plata y el oro desparramaban fulgores por todas las estancias, vagamente anubladas por el humo fragante de los pebetes que se quemaban en braserillos de argento, cincelados por las manos sabias de plateros artistas.

Doña Sol estaba siempre deslumbrante de joyas. Su pecho, sus dedos largos y finos, sus brazos, su garganta, esbelta y blanca, tintilaban continuamente con las vivas luces de los diamantes, de los rubíes, de los zafiros, de las esmeraldas. Perlas había esparcidas por toda su persona. Nunca se había admirado beldad de más lucidos rayos. También reverberaban en su cuerpo las luces del alma. El marido gastador y enamorado, le dio trescientos sesenta y cinco vestidos esplendentes, hechos con los mejores rasos, tisúes, catalufa, ricomas, tercianelas, jametes, gorgoranes, terciopelos y espolines de oro, que salían de los más prestigiados telares itálicos y españoles. Cada día del año debería de ponerse un traje distinto y darlo después a una doncella pobre junto con una bolsa de terciopelo repleta de monedas de oro.

El Virrey, Conde de Gálvez, quiso ser también magnífico y dadivoso, deseaba dar gentiles muestras de su esplendidez de gran señor, y envió a doña Sol plata dentro de una caja que, tanto en su tapa como en sus cuatro lados, tenía fúlgidas cenefas de rubíes alternados con perlas, las escrituras de una casa de la que le hacía graciosa donación y que estaba ubicada en la esquina de la calle del Indio Triste con la de la Moneda. Don Enrique y su mujer fueron al palacio virreinal a dar a Su Excelencia las muchas gracias a la vez que a cumplimentarlo, y el conde de Gálvez los regaló con un exquisito refresco de dulces, variadas masas conventuales y aguas nevadas que así las pedía el recio calor de aquella tarde de mayo.

No fué del gusto de don Enrique el regalo del Virrey; pues en verdad la casa, aunque vasta y de labrados sillares, no daba la impresión de lujo y riqueza que a don Enrique le placía hacer resaltar en todas sus cosas. Era maciza, con fuertes rejas y balcones de forja, y en el centro de la vivienda se abría un ancho patio porticado con la voz limpia y pura de una fuente. Lo que sí le halagó mucho la vanidad fué que Su Excelencia le dijera que había regalado con ella a su esposa para que estuviese cerca de su persona, a un paso de la Real Casa, a fin de que sus umbrales los pasaran con mayor frecuencia, pues recibía gusto con tan buenos huéspedes, siempre le sobraba tiempo para conversar con ellos y les admitía larga sobremesa con mucho contento.

—Con la franqueza que siempre he hablado a Su Excelencia y que Su Excelencia me consiente, voy a decir a Su Excelencia por qué no dejo mi casa del Puente de Alvarado y me traslado a la que Su Excelencia, tan generosamente, ha sido muy servido de donar a mi esposa doña Sol. Esta morada es digna sí, de Luna —al decir esto don Enrique se tocaba el pecho con la mano abierta para aludirse a sí mismo por ser ése su apellido—, pero, permítame que se lo diga a Su Excelencia, no es digna de Sol, y así y todo, voy a tener la satisfacción de complaceros, utilizando el magnífico solar en que la casa está construída para labrar otra residencia en consonancia con mi gusto y los merecimientos de mi mujer y dueña.

¿Para qué decir que al señor Virrey no le agradaron estas palabras, ni que se le menospreciara su regalo? Tragó el enojo y pasó hábilmente la plática a la Armada de Barlovento, en seguida a que se omitió el jubileo de cuarenta horas que está concedido por la suspensión general de indulgencias por la razón del Año Santo, y después a que se había repicado esa tarde porque llegaron gabarras de España con bulas y con muchos quintales de azogue que ya hacía falta para el laboreo de las minas. Al día siguiente vio Su Excelencia cómo principiaron a derribar la casa y poco tiempo después contempló, con tristeza, un despejado y amplio solar.

Muchos canteros empezaron a cortar y a desbastar piedras, dejándolas labradas y perfectas a todas partes; infinidad de peones abrían hondos cimientos para fundar los gruesos muros; otros, batían la argamasa y la llevaban diligentes a los alarifes para asentar los escodados sillares de las paredes. En unos cuantos meses quedó erigida una mansión extraordinaria, de piedra chiluca, armonizada con el rojo tezontle de los muros. De éste quedó por el lado del Indio Triste un gran paño liso, sin claros, que parecía un enorme paramento de encendido terciopelo de Utrecht. Muchos carpinteros labraban los maderamientos curiosos; infinidad de herreros forjaban barandillas y ventanas de prolijos copetes. No desdecía la obra de las palabras con que todos la celebraban. En la esquina de esta grandiosa fábrica, por la Moneda, mandó don Enrique tallar una luna para denotar con ella su apellido, y por la calle del Indio Triste, un sol, para decir con él el lindo nombre de su esposa.

La Casa de la Luna y el Sol, se le dijo desde entonces a esa mansión anchurosa y de sobresaliente elegancia, con vastas amplitudes como para aposentar a un príncipe y a su crecido cortejo.

Se le amobló con desbordada suntuosidad. Nunca la palabra magnífico tuvo más exacto empleo para ponderar la hermosura de todo lo que ahí se puso con elegante sobriedad castellana, y nunca, tampoco, la admiración se abrió con más justificada razón ante las cosas con que se decoró esa casa palacial todas singulares y de perfecta hermosura.

Don Enrique de Luna convidó al Conde de Gálvez para que asistiera a la gran fiesta que daba para inaugurar su casa, pero Su Excelencia no fué, dejó a don Enrique con el desaire. Lo miraba ya de mala manera y dábale muestras de su disgusto por lo poco o nada que estimó su obsequio. Le tomó tirria al igual que antes afecto. Lo que fué en otrora cordialidad, se hizo enojo profundo. Le cerró la entrada al trato familiar con el que meses atrás tanto se complacía. Le echó doble llave a las fuentes de su cariño y le mostraba sequedad, severidad, despego y rigor.

También don Enrique mostraba rostro torcido ante el Virrey e importábale un bledo su enojo. El Virrey daba un sarao en el Palacio, y don Enrique, días después, celebraba otro en su Casa del Sol y la Luna con mayor lujo, con más grande esplendor. Toda magnificencia tenía ahí cabida. Estas fiestas eran un grandioso alarde de sus riquezas y de sus refinadas costumbres. Don Bernardo de Gálvez quizo deshacerle al altivo criollo la rueda de la vanidad, pero la muerte ya tenía preso y aherrojado a don Enrique. Poco después lo ejecutó la implacable señora. Con gran quietud y serenidad hizo un feliz tránsito. Pasados meses estaba el Virrey de partida para la corte celestial. También entró la Muerte por su casa y se lo llevó. Para el amor y la muerte no hay cosa fuerte.

POR SENDEROS OCULTOS

No era ladrón de grandes cosas, sino ladroncillo poquitero, rateruelo. Su mano se metía con sutil habilidad hasta el fondo mismo de las bolsas y extraíales aún lo más pequeño que allí estaba sin que el dueño se apercibiera del hurto. Se le estaban mirando las manos y se podía jurar mil juramentos que no las meneaba y sin que se echara de ver hallábase cortando la bolsa y robando las joyas, lo que desmentirían los ojos de todo a todo. Sus manos eran de muy extremada delicadeza para el más difícil ladronil. Entraban y salían con la mayor facilidad del mundo aun en lo muy escondido de las ropas que vistiera un sujeto, buscaban, rebuscaban y hasta hacían cuidadosa elección de lo que traía guardado y el robado se quedaba en Babia, sin sentir la leve exquisitez de aquellos dedos casi aéreos que le andaban pesquisando minuciosamente por el cuerpo.

Herminio era el nombre de este bajamanero. Brizuelas el apelativo. Era muy católico este Herminio Brizuelas, muy de misa diaria, de santo rosario todas tardes, de ininterrumpidos golpes de pecho y de inacabables novenas. Constantemente hacía el triduo de la Preciosa Sangre, rezaba las Tres Necesidades, el Sábado Mariano y los Trece Viernes. Tenía este hombre la suprema inconciencia de pedir en largas oraciones para que no le fallaran sus socaliñas y trapazas, para que le salieran abundantes los robos, sin ninguna quiebra o riesgos apreciables. En las iglesias no estaba sino con cara compungida; sus ojos veían a las imágenes con dulzura inefable, o con una imploración obstinada, mientras que en sus labios bullían las plegarias. Además de beber grandes tragos de agua bendita, untábasela con mucha reverencia en frente, pecho y garganta; besaba el suelo con humildad ejemplar; se ponía muy penitente en cruz, pero a menudo deshacía la tiesa rigidez de los brazos y los bajaba para tentar el fondo de las faltriqueras y extraerles el tuétano que era el negocio suyo. En las aperturas de las procesiones, desfiles paseos, ferias, y en todo festejo público conseguía suculentas ganancias y así también en las aglomeraciones del Parián, en las de las salidas de los toros, en las de la comedia y en las de la misa mayor hacía bonitamente su agosto, logrando maravillosa mosca. Llegaba a muy alto grado de ganancia por su excesiva industria. No existía trampa que no burlara, ni cerradura que le resistiera, pues para ellas no había más llaves que sus uñas. Salíase con cuanto deseaba. Siempre tenían buenos sucesos sus trazas y sus tretas. Jamás dejaba de conseguir su pretensión deshonesta.

Los oficiales del agarro —corchetes, porquerones, belleguines, alguaciles— no podían depositarlo en el retiro y encerramiento de la Cárcel de Corte para tenerlo allí con entrambos pies en un cepo o con las esposas en las manos, con el buen fin de que no siguiese empeñado en sus empresas rateriles. No le podían quitar la libertad porque nunca le pudieron hacer plena evidencia de sus hurtos constantes y astutos. Jamás lo agarraron con las manos en la masa. No sé de qué arte misterioso y extraño usaba Herminio Brizuelas para hacer desaparecer inmediatamente las cosas que había tomado. Eran obscuros sus medios. ¿Las pasaba con gran diligencia, en un santiamén, a otras manos tan hábiles como las suyas? Le revolvían todo lo de su hediondo cuartucho y no aparecía nada de lo robado. ¿En qué lugares ocultos y secretos lo ponía? Nunca le hallaron sus escondrijos. Después esperaba pacientemente seguridades, y alejado ya de los riesgos, sacábalas y las vendía. Iba triunfando así de todas las acechanzas y peligros, con lo cual tenía buenos dineros que gastar en sus depravaciones y conceptos que eran largos. A los vicios capitales los tenía perpetuamente satisfechos con el constante gusto que les daba, sin negarles cosa alguna. Con ellos recreábase con gozo inestimable.

Este pícaro Herminio Brizuelas vivía libre y deshonestamente con una mujerzuela baldía, desenfadada hembra del partido de las de peor calaña, de ésas que comercian con su cuerpo con lo más sucio y degradado de la ciudad. Por todas partes andaban juntos el truhán y la disoluta daifa, muy dada también a todo género de vicios y desvergüenzas. Los vicios los tenía ella por virtudes. Hartó el bellaco su pasión con feo casamiento. Casamiento de estos de a medias cartas, como se suele decir por ahí, y también de los de atrás de la iglesia. En estos amancebados no tenía limite su desenfada liviandad y apetito. Vivían los dos embebidos en sus pasiones y nocivos entretenimientos. No hacían sino agravios y ofensas a todo el mundo. La prostibularia lo incitaba más al mal, espoleándolo constantemente para que perseverara en su vida nefasta y mantuviese enteras sus malas inclinaciones. Y Herminio no las alteraba, no; mostrábase constante e inconmovible, exento de mudanza y variaciones. Estaba en ellas como una roca muy firme.

No sé qué disoluta merendola y bureo iba a tener con su leperuza allá por las arboledas de Tacubaya o el Olivar del Marqués en unión de otros alegres pelafustanes y distinguidas damas del tuzón, que necesitaban dineros para satisfacer su parte, pues era a escote la francachela, y había tenido muy mala mañana en sus negocios, porque sólo apandó por ahí cosillas de poco más o menos, que aunque fuesen bien vendidas no daban lo suficiente para la cuota que le correspondía. Urgíale el dinero y no lo encontraba a mano por más diligencias que hizo. Pensaba en el modo de adquirirlo cuando acertó a pasar por la iglesia del convento de monjas de la Encarnación y creyó que allí lo sacaría de algún descuidado devoto.

Entró y el templo estaba solo, únicamente el sacristán trajinaba afanoso, llevando y trayendo candeleros, blandocillos, palabreros, jarras con sus ramilletes barrocos de calamina. Con todo ello adornaba el áureo altar churrigueresco del Santo Cristo de la Misericordia, tan venerado que era en toda la ciudad. Herminio Brizuelas sonrió satisfecho, complacido, al ver que la sangrante cabeza de la imagen la ceñía una gran corona de oro en la que tenía esplendentes cintilaciones numerosa pedrería. Creyó el malvado que el parpadeo versicolor de las gemas no era sino un llamamiento generoso que le hacía a sus manos ansiosas de ladrón. El sacristán colocó lentamente un plateado frontal de tisú, después extendió el pulido mantel de lino, deshilado, con encajes, vainicas y bordados curiosos, primorosas minucias ejecutadas hilo a hilo con amor paciente de monja. Puso enseguida la palia toda con brilladoras lentejuelas de oro y se quedó viendo el esplendente conjunto, con largo embeleso.

Esperó Herminio con impaciencia a que se fuese el mentado sacristán para arrancarle la corona al Cristo y tener con lo de su venta para la bulliciosa juchipanda. Entretanto se puso a contemplar la imagen tan llena de sangre y de llagas, de anchos verdugos morados, y, sobre todo, veía aquellos ojos tristes, de ternura inefable, que miraban muy hondo. Parece que tenían perpetuo brillo de lágrimas y que su dulzura resbalaba suavemente por el corazón. Mientras que lo veía tasaba minuciosamente el valor de la corona. Bien valdrían veinte doblones o más cada una de las piedras vistosas y el metal más de cien, de seguro. Tendría para una infinidad de borracheras muy competentes y para un buen vestido de raso de flores para su barragana, y también para un ancho tápalo de la China, con flecos largos y muchos colores, perenne alegría de los ojos, de esos tápalos finos de mucho coste, que lucían las damas elegantes y pudientes, y conservaban retenida una fragancia sutil que iban soltando delicadamente para deleitar el olfato.

El sacristán se fue a sus menesteres allá a la sacristía y no paró mientes en Herminio Brizuelas, y si reparó en él no le hizo mayor caso, pues creyó no sería sino uno de tantos devotos del milagroso Señor de la Misericordia que iría a pedirle una merced o el venturoso alivio de una necesidad. Oyó el pícaro un claro tintineo de llaves agitadas. De fijo el sacristán entraría a los claustros a tratar algo con las monjas tocante a la función del día siguiente, dedicada al Santo Cristo. Trepó Herminio con muy suelta agilidad al altar, subió las gradas con prontitud, y al alargar el brazo para quitar la fulgurante corona que tanto tentaba su deseo, pisó la base de un ramilletero con lo que dio un resbalón, quedándose en inestable equilibrio, cae que no cae. Soltó un taco viril y plebeyo. Para no ir al suelo se cogió instintivamente de la imagen y se la llevó tras de sí con el peso de su cuerpo en descenso, y rodando por el altar abajo vino a dar con ruido en la tierra. Fué llevándose de encuentro candeleros y ramilletes con cuyos metales golpeados se aumentó en gran manera el estruendo que engrandecieron los ecos.

El Cristo quedó lamentablemente despedazado y el bellaco entontecido por el formidable porrazo. Al abrir los ojos vio junto a él la amoratada cabeza de la imagen con sus llagas en los pómulos, con su boca tumefacta. La cabellera la tenía derramada por el rostro y a través de ella salía como una caricia la suave tristeza que cintilaba en ellos. Aquellos grandes y benignos ojos estaban a dos palmos de los del sacrílego lo veían y lo veían compasivos y con inquietud de amor; y a su vez los de Herminio lo veían azorados, sin pestañear. Así permaneció luengo rato en esa esforzada contemplación y creyó que de entre aquella acariciante mansedumbre salían lentos hilos de lágrimas. La mirada del Señor de la Misericordia fué dirigida certeramente al fondo de su alma con cieno y alimañas. Entonces sí de sus ojos brotó el llanto copioso y amargo empujado por un inefable sentimiento interior. De ambas cosas son indicios las lágrimas, de gozo y pena.

Herminio Brizuelas sentía en sí un contento venturoso, una cosa suavecita y pura jamás experimentada, que le desleía el corazón. Le andaba por el pecho como un aleteo suave, inexplicable. Soltó el freno del sentimiento doloroso. De la culpa brota la vena del dolor y las lágrimas. Parecía imposible que saliera tanta copia de agua de un vaso seco y enjuto. El arrepentimiento abrió puerta a la copiosa corriente. Del interior del convento venía una suave música de clavicordio y también una fragancia de rosas.

El truhán se alzó del suelo con las manos en la frente como queriéndole sujetar los pensamientos, y humillado y con la cabeza baja salió a la calle, toda llena de sol y de silencio. En la torre se arrullaban unas palomas. Unas campanas diluían dulcemente en el aire su voz angélica ante la anchurosa serenidad del atardecer. No supo Herminio qué anhelo escondido lo guió hasta el claveteado portón del convento de San Francisco. Ese designio le empujó el alma blandamente hacia la santa casa, mostrando señales de su dolor interior.

No sabemos los tristes mortales los caminos ocultos que el Señor nos descubre para ir a Él. Él llega, siempre llega, cuando menos se piensa y nos pone en el sendero cierto. Ignoramos cómo y cuándo la gracia nos va a tocar el corazón para desandar el camino y deshacer piedra a piedra el edificio mal fundado y edificar nueva obra de la vieja. Todas las aguas van a dar al mismo mar.

LA CRUZ VERDE

Don Miguel de Manrique no era de estas partes. De Castilla del Oro había llegado a México don Miguel al arreglo de no sé qué asuntos hereditarios de un su pariente canónigo lectoral en la Metropolitana. Mientras andaba en los lentos trámites del negocio, don Miguel de Manrique dábase buen tiempo. Se juntaba de conversación con personas discretas y prudentes en las sosegadas tertulias de las reboticas o de los locutorios. Ahí encontraba agrado y ocio honestos. Salía a disfrutar la felicidad del campo y del cielo y recreaba los ojos a las orillas del canal de la Viga, viendo el despacioso ir y venir de las canoas mientras que andaba sumido en sus pensamientos. También se daba a ruar solitario en largos paseos, contemplando los caserones que ilustran a la ciudad. Con estos entretenimientos solazábase. Con ellos sazonaba sus ocupaciones graves para no hacerlas desabridas.

Una tarde vio en un balcón a una damisela rubia que en tanto que se estaba abanicando suavemente, su mirada azul perdíase en una lejanía sin fondo. Sintió don Miguel que su corazón se lo arrebataba de improviso aquella dama. Con su vista quedó muy enamorado. Hondo y certero entró en su pecho ese amor. En aquella hora crepuscular todas las cosas parecían haber perdido gravidez y la calle entera vibraba bajo el aliento espiritual del Ocaso. Una campana cantaba el Ángelus; tenía una voz tan delicada, tan límpida, tan llena de ternura, que parecía que la tocaba un serafín. Y la esbelta figura blanca del balcón era consecuencia armoniosa de aquel dorado atardecer de apoteosis en el que se sumergía la clara voz de la campana distante. Sentía don Miguel que en su interior alzábase algo puro que lo llenaba de inexplicables delicias: era como un aleteo seráfico que le andaba por el pecho, como un vago perfume que lo envolvía, como una cosa leve, inefable, que lo acariciaba.

Por la noche la vio pasar por un sueño, grácil y fina, con su traje ampuloso de tisú anacarado lleno de múltiple y menudo chispeo de las lentejuelas, con su lento abanico que oía sonar sobre las fulgurantes joyas del pecho, con la azul idealidad de sus ojos y con aquellas sus leves manos, exquisitas y lánguidas, que le iban a robar el corazón. Por la mañana fue a pasearle por la calle; volvió por la tarde y a la otra mañana, también a la otra tarde y así todos los días. Con aquella desazón sabrosa que traía dentro de sí no acertaba a sosegar don Miguel. Siempre contemplaba en el balcón a Felisa, y no sabía quitar los ojos de los hermosos de ella. Felisa era su nombre y Pedraza el apellido. Era hija del Regente del Tribunal o Audiencia de Cuentas, don Miguel de Pedraza y Ochoa, señor muy austero, muy rígido y muy temido. Vivía solo con Felisa; era viudo don Miguel desde hacía cinco años y tenía a su hija bajo estrecha vigilancia de una tal doña Álvarez, que era el inmediato alcalde y guarda de la doncella. La defendía la vieja como un vallado. Madrugaba en su servicio y de día y de noche velaba con particular cuidado, casi sin parpadear.

No desviaba don Miguel de Manrique sus ojos del semblante de Felisa; ésta, de tanto verlos sobre sí, llegaron al fin a su pensamiento y se dio cuenta de la rendida afición del mancebo. Una tarde ella lo envolvió con el lento encanto de una mirada con la que él subió como al Paraíso. Días después le sonrió, lo que fue descubrirle el corazón por los ojos vertiendo agrados. No cabía de placer don Miguel de Manrique. Hubo gozo y fiesta en su alma. Una mañana a la salida de la iglesia de Balvanera, levantó Felisa un pico del manto de soplillo y abrazó de nuevo con los ojos a su rendido y penante amador.

Pronto fueron a buscarla los papeles y los billetes que hábiles manos terceriles pasaban a través del muro que alzaba la vigilancia de doña Álvarez en torno de la doncella, a quien don Miguel ya le había engendrado en el alma intenso amor. A pesar de la asustada resistencia de los intermediarios iban las cartas a las manos temblorosas de Felisa, que para un amante fino y verdadero nada se hace imposible. Le llevaba músicas al pie de su balcón y los cantos compuestos por él, que Amor se los hacía bajar deliciosamente del cerebro a la pluma, traducían bien los afanes de su cuita. Sonetos, letrillas, octavas, silvas y romances, sonaban delicadamente entre los trémulos trinados de las vihuelas que atravesaban el silencio de la noche para perderse en la quietud de las calles obscuras.

La dama no daba respuesta a las apasionadas misivas de don Miguel, en las que para expresar el dulce desvío que lo enajenaba vertía regalos y dulzuras con alambicadas y pomposas metáforas sin decir para nada el nombre de ella, pues echaba mano a los poéticos que se usaban para aludir a la mujer amada: Amarilis, Nise, Diana, Filis, y él tampoco ponía el suyo propio, sino que lo disfrazaba con el de Roselio, Lauro, Albanio o Lisardo que andaban en égoglas y en ternísimas endechas.

Seguían las serenatas y las alboradas; y así como el canto alivia de su trabajo al caminante, así en Miguel de Manrique reposaba el corazón al poner sobre su música las canciones en las que su pasión iba gimiendo y trinaba llena de ternura sin fin. Salían envueltos en el aliento de su voz unos como destellos de su querer que tenía más que rendida su voluntad.

Don Miguel le rogó a Felisa en una carta en la que le expresaba con mucho tino y arte su pasión, que para conocer si su amor era correspondido pusiera en el balcón una cruz verde y si no le daba entrada una blanca, con la que lo dejaría rematado, como hombre que ya no tiene remedio. Con la honda de su negativa lo arrojaría como piedra al profundo de un tormento eterno. Desde aquel día ya no tuvo punto de sosiego don Miguel de Manrique. Pasaba y repasaba a toda hora por frente de los balcones de Felisa y ni en sus cuadrados hierros de Vizcaya, ni en su antepecho, aparecía la pedida señal para sosegar sus ansias. ¿Sería verde, sería blanca la cruz? Esta duda lo hacía vivir en pena. Cada hora de dilación parecíale mil años. Su corazón sentía a veces anuncios del sí solicitado y se enajenaba de puro gozo; otras ocasiones imaginando negativas se le decaían las alas del corazón.

Un día y otro día y Felisa no daba salida a lo que don Miguel deseaba; no venía en lo que él pedíale. Se desojaba el mancebo viendo los toscos balcones. Creyó que ella había cerrado para siempre la puerta de su petición. Su ánimo estaba lleno de tedio y amargura. Los regalos le eran tormentos, las visitas, molestias, pues ni a sí mismo podía sufrirse; mil gestos le hacía a la comida; todo parecíale desabrido, sin sazón y mal guisado. A todo el mundo le daba muestras de su digusto. Antes tan comedido y solícito que era y ahora si le hablaban daba con ello arcadas de fastidio.

Estaba don Miguel en lo más hondo de un negro abismo de melancolía, pero, de repente, salió de él hasta subir a lo más fulgurante de gozo. No quería creerlo. ¿No era un engaño, vana fantasmagoría, aquella cruz de papel verde que balanceaba el vago viento de la mañana? No; no era ilusión de sus sentidos, sino realidad tangible. La cruz en la baranda del balcón, columpiándose muellemente, le estaba dando constante y dulce respuesta a lo que él tanto apetecía. Nada faltó para su contento. Se le confortó el corazón y se le fué la nube de tristeza que se lo cubría. Estaban en don Miguel de Manrique todos los gustos. Tenía dentro de sí un abundante tesoro de alegría. Salió de sus manos una carta cascabeleante de gozo y fue a las de ella y vino pronto una respuesta de Felisa en la que entre una malla exquisita de circunloquios, le confesaba su querer, pero que su señor padre tenía determinado que entrase pronto monja de la Concepción, porque él, a su vez, iba a meterse fraile con los camilos de la Buena Muerte y no quería dejarla en el sigilo.

Perdió el contento de nuevo don Miguel, y otra vez comenzó a entristecerse y a padecer mortales congojas mezcladas de desmayo y desaliento. Veía imposible su boda por la tenaz firmeza de don Miguel de Pedraza y Ochoa. Era pertinaz en hacer su voluntad este señor, pues fiaba mucho en su juicio y parecer. Don Miguel de Manrique y Felisa no tenían término ni medida en quererse. Al fin se salieron con la suya. Se valió el mancebo de uno de los padres agonizantes o camilos, varón prudente y bondadoso, gran amigo de don Miguel Pedraza, para que ganase a éste la voluntad y le diera el consentimiento que negaba.

El padre Camilo con su buena labia le puso mucha fuerza a don Miguel Pedraza para que volviera atrás en su determinación. Hizo obra en don Miguel con sus palabras y razones. Lo llevó por convencimiento a que dejara a la hija que se casase, ya que no tenía vocación por la vida monástica, y que él, si deseaba, entrara en paz y en hora buena a la Orden hospitalaria de los agonizantes. Replicaba con empuje el austero Regente y el Padre le arguyó y le estrechó más con sus discursos perfectos. Se encontró tan sin salida don Miguel Pedraza que se tuvo que apartar del no y hasta dijo el día en el que tendrían que celebrar la boda, dichoso ya de hallar marido que mereciese serlo de su hija y les daba prisa con el casamiento porque ansiaba el sosiego del claustro con el fin de preparar su alma para la hora fatal de la muerte.

Se dispuso la boda con tal suntuosidad y recibieron los enamorados la bendición de la Iglesia. Mucho trabajo le costó a don Miguel de Manrique arribar al tálamo. En buena memoria de la cruz verde con que su esposa le dio el sí, mandó labrar en el filo de la esquina de la casa de Felisa, a donde se fue a vivir, una enorme cruz cuyo pie estaba a poca altura del suelo y sus torneados brazos se doblaban, respectivamente, hacia una y otra calle, y además la pintó de verde.

La vieja y gruesa cruz aún existe en esa casa y con su color tradicional. Ella le dio nombre a una de las calles con la cual hacía esquina la morada de doña Felisa Pedraza, y a la otra se le dijo de los Migueles por los dos caballeros que figuran en esta historia de amor. La antigua calle de la Cruz Verde es ahora la 5ª de Regina por donde queda el brazo izquierdo de esa cruz y la de los Migueles en la que está el derecho corresponde a la 7ª del Correo Mayor.

EL CALLEJÓN DEL MUERTO

No importa en qué ciudad costera de Manila se iba deslizando, sosegada y feliz, la vida de don Benito Bernáldez. De pronto ésta se le rompió en mil desventuras. A su mujer la hizo suya la muerte y a él se le acabó el caudal y le sobrevino una rigurosa enfermedad que se lo andaba llevando a toda prisa a la sepultura. Salió de ella flaco y desfigurado; en fúnebre amarillez se le convirtió su lozanía. Continuaba don Benito caminando al menoscabo y empeoramiento. Como tenía atravesada su firma en unas libranzas, fué a dar a la cárcel porque no pagó el tramposo sujeto por el cual, en hora mala, se dió por obligado y él ya no era dueño de cosa alguna. Salió de la prisión con la salud más descompuesta. Iba a la vejez con gran prisa. Andaba sumido en mil cuidados porque tenía un hijo ya mozo y no encontraba la manera de sacarlo adelante por carecer de todo. Este pensamiento lo melancolizaba continuamente y negábale los ojos al sueño. Andaba descaminado sin ofrecérsele camino. Se veía al pobre hombre marchito, descaecido, sin voluntad. Un comerciante, buen amigo suyo, le dio ánimos y denuedo, le quitó la cobardía y le puso gana. Le facilitó dinero y le consiguió a crédito mercaderías —sedas, lacas, marfiles, porcelanas—. El amor al hijo le puso a don Benito

Bernáldez alas en los pies, esfuerzo en el corazón. Se embarcó en la nave que hacía la ruta de la Nueva España, la nao de la China. Atrás dejó la mala suerte. En México clavó la rueda de la fortuna.

Su casa estaba en un estrecho callejón, silencioso y solitario, lejos del centro de la urbe, donde bullía la vida. Casillas míseras lo bordeaban y comunicábanle con la humildad de su vejez, con sus ventanas y puertas cerradas siempre, con la yerba que crecía en las junturas de las piedras del pavimento, con los cipreses que sobresalían rígidos y obscuros de un largo tapial derrubiado por los años, comunicábanle una acendrada tristeza, un aspecto doloroso de olvido y desolación. Se asentaba en él mansa melancolía, la traían en su vuelo las lentas campanas del cercano convento de Balvanera, y la que le impregnaron las graves salmodias y los rezos de la cofradía de las Benditas Ánimas que noche a noche pasaba por él con el constante y acompasado tilín tilín de su campanilla, demandando oraciones por los que estaban muriendo en pecado mortal.

En este callejón sombrío, lleno de misterio y de paz, fué a morar don Benito Bernáldez con su hijo Gaspar. No sé por qué oculto imperativo espiritual eligió don Benito este callejón gris, remanso de silencio, todo él recogimiento y soledad. Empezó a vivir con mucha ventura. Parece que tuvo en México otra estrella, pues no ponía mano en cosa que no le saliera bien, a las mil maravillas. Dios le dio buena manderecha para todos los negocios de los que sacaba siempre magníficos rendimientos. Estaba lleno de prosperidad. La casa en que vivía era vieja y desbaratada, pero la rehizo toda entera y la montó con lujo y con muchos criados ceremoniosos, atentos a sus menores deseos. Ya don

Benito no tropezaba nunca en desastre, sino que iba nadando en un fácil archipiélago de maravillas.

Llegó la nao de Manila y Gaspar fué a Acapulco a traer las mercaderías que para su padre venían consignadas y con las cuales iban a tresdoblar los provechos. Después de que se tiene buen caudal, fácil cosa es enriquecerse más con grandes ganancias. Del trabajo sale el premio. Dijeron que un aire corrupto que el mancebo respiró en unas ciénagas le quebró la salud; dio en cama con unas grandísimas calenturas pestilenciales que lo iban dejando seco y enjuto. Pudo llegar a México en uno de los bamboleantes carros de la conducta; sus males crecían y empujaban a la muerte. Su padre estaba en un abismo de dolor. Lloraba angustiado y parece que con su pena se acercaba más Gaspar al final del viaje tan temido, el que no tiene retorno. Los médicos aumentaban los remedios y el mal crecía; aún las medicinas más eficaces no se lo extinguían sino que creeríase que eran abonos magníficos que se lo acrecentaban. Don Benito pasaba con amarga congoja todos sus días; tenía accidentes de temores y caimientos de corazón porque se lo hería y traspasaba el agudo y largo cuchillo del dolor.

De rodillas y bañado en lágrimas prometió el ensangrentado Cristo de los Conquistadores llevarle a su olorosa y churrigueresca capilla de la Catedral dos ramilletes de plata con sus jarras, y a la Virgen de Guadalupe ir a pie a su santuario, cargando un blandón, también de plata amartillada, para que ardiera en él durante un año un grueso y renovado cirio de diez libras de buena cera de Castilla. El hijo empezó a mejorar muy aprisa y a don Benito le empezó a salir el alma del ahogamiento y apretura en que estaba sumida con la peligrosa enfermedad de

Gaspar. Poco después estaba Gaspar todo bueno; tuvo entera y cumplida salud en muy pocos días. Los doctores afirmaron que se le arrancó de cuajo lo que le dañaba y que sus humores estaban ya en la conveniente proporción. Padre e hijo volvieron al gananciosos trajín de los negocios en los que con pocos afanes les bullía el dinero en las manos.

Con el pensamiento ocupado en hacer complicadas y sutiles combinaciones para sacar mayores y más seguras ganancias en este o en el otro negocio, se olvidó don Benito de las mandas. También los deleites le pusieron en silencio la memoria, pues como estaba rico tenía muchos amigos, y era, por lo tanto, muy solicitada su agradable compañía, en saraos, tertulias y paseos. Todo ésto lo tenía robado y como fuera de sí, y lo hizo sepultar sus ofrecimientos en perpetuo olvido. No se volvió a acordar de ellos. Borró el gozo el recuerdo de la pena. Lo que en horas de angustia y necesidad se promete no se suele cumplir o cumplir mal; cuando el cuidado se ha ido, y hasta se le atribuye el beneficio no al que se le pidió y lo hizo de mil amores, sino a causas ajenas, a fuerzas ocultas, sólo para librarnos del compromiso y no agradecerlo. Así es la humanidad y no hay que darle vueltas. Así es.

Fray Basilio Villegas era un fraile franciscano de mucha prudencia y consejo. Acrecentaba cada día virtudes y crecía en merecimientos. Toda la gente lo veneraba como figura de gloria, porque era un verdadero humilde, que siempre se reputó y estimó en menos que ninguna otra criatura. Este santo varón que supo por boca del mismo don Benito Bernáldez de las promesas que había hecho a la Guadalupana y al temeroso Cristo de los Conquistadores, le aconsejaba a menudo que las cumpliese cuanto antes. Don Benito decía que sí y luego olvidaba este sí. Dejaba resfriar el buen propósito. Con repetidas instancias rogábale el fraile virtuoso y el caballero no oponía ningún reparo, pero faltaba al cumplimiento de su palabra.

Una mañana, a la hora meridiana, venía en un farlón fray Basilio Villegas del Santuario de Guadalupe acompañado de otros padres, hermanos suyos de hábito, cuando vio por el camino a su buen amigo Bernáldez que iba con visible fatiga bajo el duro sol de junio, con el peso de un gran hachero de plata que llevaba sobre un hombro. "Ahí va —dijo fray Basilio a los otros frailes— don Benito Bernáldez a pagar una manda que le debía a la Guadalupana. Mírenlo sus reverencias, apenas puede el pobre señor con ese blandón y con el asoleo. Debe de ir bañado de copiosísimos sudores. Al fin la cumplió don Benito, ya era tiempo. Creo que tenía buena voluntad pero mala memoria, y así iba dándole largas al pío ofrecimiento. Esta tarde voy a darle las enhorabuenas."

Fué el fraile a la casa de don Benito Bernáldez y se quedó tan atónito que no sabía parte de sí al verlo muerto, tendido con hábito franciscano entre cuatro gruesas hachas de cera. Anocheció y no amaneció el caballero. Quedése muerto en su cama. Lo halló sin vida el criado de retrete que fué a despertarlo muy de mañana porque tenía que hacer viaje con jornada larga a Valladolid de Michoacán. Ya lo había emprendido a todo andar de esta vida Dios de para la otra, para dar menuda cuenta a Dios de sus pecados. El Padre Fray Basilio no andaba en sí del espanto de esta maravilla que había visto. Se arrodilló al lado del lecho mortuorio y se puso a rezar.

A ese angosto callejón se le llamó del Muerto por el extraño suceso que he relatado, nombre que le cuadraba bien por solitario y sombrío, y por aquella tristeza que parecía fluir misteriosa, como un humo invisible, de todas las casas, resquebrajadas y sombrías que lo formaban.

LA DAMA VIAJERA

La penumbrosa bodega está llena de cosas que han llegado a lo último; rindieron su servicio y se desecharon por viejas. Estos trastos llenan toda la bodega. Son las cosas inútiles, desvencijadas que a lo largo de años y de años se fueron retirando de las salas del Hospital del Amor de Dios y de su iglesia. No se puede dar paso entre este informe hacinamiento de cachivaches, y como hay en la casa y en el templo más cosas que arrinconar por inservibles, no se encuentra sitio donde ponerlas en este revuelto zaquizamí, lleno de telarañas y ratones. Abundan ennegrecidos cuadros de santos y vírgenes, lienzos y lienzos con asuntos religiosos en los que la espesa pátina y el polvo ya no dejan casi nada visible. Hay también imágenes de bulto, descascarilladas, llenas de mil abolladuras. De tanto echarse por aquí y por allá de mala manera, muestran en multitud de partes el blanco de España de su aderezo y en otros lados el color natural de la madera. Con los golpes y raspaduras quedaron deslucidos para siempre sus estofados ricos.

Uno de los servidores de este hospital fundado por el santo don Fray Juan de Zumárraga para los enfermos que necesitaban de las unciones del mercurio, vio con dolor que esas imágenes estaban expuestas continuamente al tropiezo y desatenciones de los sirvientes, y propuso al licenciado Molano, sacerdote de vida muy ejemplar que tenía habitación en esta casa, que todos esos santos, así de lienzo como de bulto, fuesen enterrados en algún lugar cercano a la iglesia. Previa la licencia que dio el señor Mayordomo y Superintendente, el canónigo don Francisco Siles, se abrió un gran hoyo en uno de los claustros que por su profundidad y anchura era capaz de abarcarlos a todos.

Al entierro concurrieron sin que faltara ninguno, los servidores del hospital, y uno de ellos pidió al licenciado Molano que no echaran en el pozo una estatua de la Virgen Nuestra Señora que le había llenado los ojos con su hermosura y que prometía tenerla en su casa con toda veneración. Se le concedieron sus deseos sin dilación alguna; cargó complacido con la imagen, se le puso tierra a aquella sepultura y en la bodega apenumbrada quedó sitio libre para amontonar más desperdicios viejos, de esos que no sirven para nada, pero que así y todo, no se resuelve la gente a echar a los basureros que es el lugar adecuado en que deben de estar.

El sirviente del hospital de los bubosos, para demostrar bien que había cumplido con su promesa, presentó a los directores la imagen muy bien ataviada con un lindo vestido de terciopelo negro con brosladuras de plata que le había labrado su mujer, y con un luengo manto con galones y también con bordados exquisitos, y dijo que en su casa estaban muy contentos de tenerla y que noche a noche se juntaban todos los de la familia para rezarle el santo rosario y otras devociones. El timorato servidor oyó encarecidos loores por su piedad, muy bien celebrada.

Este hombre era bueno, apacible y sencillo, de esos que se dice que no tienen hiel en el cuerpo y no han perdido la sal del bautismo. Tanto él como su mujer, bondadosa y cordial, y sus dos hijas que no tenían más anhelo que entrar monjas en Santa Inés, observaron que la imagen amanecía a diario con el ruedo de la falda mojada y con lodo. Dio cuenta el buen hombre al licenciado Molano de esta cosa extraña que les quitaba el sueño y les traía agotados todos sus pensamientos, pues nadie en su casa daba con la verdad de lo que acontecía. Teníanlo todos por un misterio que deseaban que él se lo revelase porque ellos con el flaco entendimiento que tenían no atinaban con la verdad.

El licenciado le dijo que mirase bien lo que decía, que bien pudiese ser aquello sólo una figuración de su fantasía, pero su mujer y sus hijas le replicaron prontas que era verdad tangible y no sueño, porque después de enjugarle el túnico y de habérselo aplanchado, veían al otro día con los ojos de su cara lo que estaban refiriendo llenas de azoro, porque estaban persuadidas con evidente convicción de que en ello había algún misterio que no alcanzaban a entender, pero que, tal vez, alguno con su incontrastable ciencia podría atajar para explicarlo a la luz de la fe o de la razón.

Pasaba el tiempo y a la imagen le aparecía todas las mañanas la falda mojada, llena de zarpas y de lodo y con paciencia y temor se la aseaban las solícitas mujeres. Después de suceder esto por meses y meses, casi al filo del año, una mañana llegó a la casa un indio que preguntaba con insistencia por la señora que allí habitaba, que parecía ser viuda por el traje de luto, las tocas largas y el manto negro. Se le dijo una y otra vez que ahí no vivía nadie que usara esa vestimenta, pero el indígena porfió que trajeaba así la había visto entrar allí mismo y que ardía su deseo por hablarle, pues desde las sies de la mañana la venía siguiendo sin perderla de vista desde la lejana calzada de San Cristóbal, que está distante de México cosa de cuatro leguas mal medidas, que no la pudo alcanzar por más que apretaba el paso; que la dama tomó por la calzada y Guadalupe, entró en la ciudad, pasó de prisa por el barrio del Carmen, cogió la calle del Parque y habiendo llegado al hospital de los bubosos, atravesó rápida por un costado el convento de Santa Inés y se entró en aquella casa en la que él estaba preguntando por ella.

Volvió la buena mujer a decirle que en aquella casilla pobre no había señora con ropas lujosas. Que ella desde hacía años vivía ahí con su marido y sus dos hijas, con humilde pesar, y lo que contaba haber visto sin duda lo vislumbró entre sueños, en el sabroso duermevela de la madrugada. El indio llevó la porfía adelante sin salir de su obstinación. La mujer, muy segura, decía que negro, y él, muy firme, replicaba que blanco. Pero para rematar la discusión inútil se le invitó a que entrara en la casa y que como era pequeña pronto iba a persuadirse de que no había ninguna dama por ahí con la indumentaria que él describía; pero apenas hubo atravesado el tranco de la sala, cuando empezó a decir con la palabra tartamuda por la emoción al ver la imagen de la virgen enlutada, que aquella era y no otra, sin género de duda, la señora elegante que había visto durante días y más días por la polvorosa calzada de San Cristóbal y a quien seguía sin lograr darle alcance. Afirmaba esto con tal eficacia que se hacía creíble lo que decía.

Llegó el marido a comer después de su trabajo de la mañana en el hospital de las bubas y encontró a su mujer y a sus hijas maravilladas y suspensas, con el juicio turbado. Vinieron más personas enteradas de lo que acontecía, y el indio repitió lo que había dicho antes, y a todos los llenó de pasmosa admiración cuando añadió que repetidas veces había contemplado en San Cristóbal a esa dama sosteniendo con el hombro y con las manos una compuerta de la inmediata laguna, que era la más vieja y, por lo mismo, la más apeligrada de que al ímpetu de las aguas; se venciera y que México quedara inundado por haber sido en aquel año —que era el de 1660—, muy abundantísimas las lluvias que aumentaron en mucho el nivel de la laguna.

Este suceso maravilloso no pudo mantenerse secreto, se divulgó con gran prontitud por el barrio y luego corrió veloz por la ciudad, y la casa estaba a toda hora pletórica de gente curiosa y devota que iba a conocer y a venerar a la sagrada imagen que libertó a la ciudad de un peligro cierto. Inacabables molestias traía a los dueños aquel constante trajín de hombres y mujeres y pensando que sería más conveniente llevar la imagen a una iglesia para que se le diese el culto debido, la condujeron a la de la Merced por devoción que tenían a los de esta religión; después se le volvió al templo del hospital de donde procedía, y tantos fueron los favores y milagros que hizo, que para atestiguarlo estaban los inumerables exvotos que colgaban del barroco altar y afiligranado nicho en que se albergaba. Se le dio el nombre de Nuestra Señora de las Angustias porque a ella se encomendaban los enfermos del Hospital del Amor de Dios en su enfermedad y en las espantosas curaciones que les hacían para limpiarles la sangre del morbo gálico.

Cuando se amplió el útil Hospital General de San Andrés —donde ahora está el Palacio de Comunicaciones—, se clausuró —(1° de junio de 1788)—, el Amor de Dios, y a él se trasladaron sus pobres enfermos del mal venéreo; también se cerró su iglesia, que estaba en la esquina de Santa Inés, pues el mentado hospital fundado por don Fray Juan de Zumárraga, era lo que ahora es la escuela de pintura. Como el gremio y cofradía de los bordadores había hecho su patrona a esta Virgen, la llevaron a su nueva morada en una procesión muy vistosa. La "Gaceta de México" del 15 de febrero del año de 1788 lo dice: "El día 6 fué trasladada en solemne procesión por los Profesores del Arte de Bordar, la Milagrosa Imagen de Ntra. Sra. de las Angustias, de la Iglesia del Amor de Dios a la del Hospital General de San Andrés, donde se celebró su colocación con Misa y Sermón."

A la iglesia de San Andrés se trajo el cadáver de Maximiliano de Habsburgo inyectado en Querétaro de modo provisional para que se le embalsamara y se enviase a su Austria natal. Allí estuvieron a verlo don Benito Juárez y don Sebastián Lerdo de Tejada, cuando estaba suspendido de una cuerda para facilitar las complicadas y largas operaciones que requería el embolsamiento, por lo cual los conservadores llamaban a esta capilla la del Mártir, pues decían que no habiendo podido colgar vivo al Emperador, lo habían hecho inconsideradamente cuando ya estaba muerto.

No se le colgó, es cierto, sino que se le fusiló. Allí se reunían los partidarios del vencido Imperio, no a rezar por el alma de los que perdieron la vida en los combates entre republicanos e imperialistas, sino a celebrar reuniones tumultuarias en que a todo grito se echaban pestes, palabras de enojo y execración, al Gobierno y a los liberales. Estas escandalosas juntas culminaron en un gran desorden el 1º de junio de 1868, primer aniversario de los tristes fusilamientos de Querétaro. Fué tan grande el alboroto que se armó después de la misa y del sermón violento e inoportuno que dijo un exaltado jesuíta italiano, el Padre Mario Cavalleri, que para poner fin a esas alharacas inútiles acordó el Presidente de la República, don Benito Juárez, que se derribara la capilla, lo que se hizo a toda prisa esa misma noche bajo dirección del gobernador don Juan José Baz.

Al desaparecer la linda iglesia se desperdiciaron sus imágenes por todos lados, y la de las Angustias, tan venerada, fué a parar al templo de San Lorenzo, en donde se encuentra y tiene un culto muy tibio, cuando en otro tiempo fue muy fervoroso el que se le dio y en los Viernes de Dolores se le solemnizaba con gran suntuosidad. Así fue el que cayó en 3 de abril de 1789 y de que habla la ya citada "Gaceta":

"Entre las fiestas con que el mismo día se solemnizaron los Dolores de María Santísima en las más de las iglesias de esta Capital, se singularizó la que se celebró en el Hospital General de San Andrés a la prodigiosa imagen que allí se venera con el título de las Angustias, por haber estrenado un hermoso Nicho y un precioso ornamento bordado, a que concurrieron con la idea, disposiciones y continuadas faenas en los días festivos los del Gremio de Bordadores."

DE POR QUÉ LA CALLE DE EL PUENTE DEL CUERVO SE LLAMÓ ASÍ

Noche a noche se posaba un cuervo en la barandilla del puente. El puente éste, de una corta zancada, iba de un lado a otro del ancho zanjón que corría por atrás del Colegio de San Pedro y San Pablo, de los padres jesuítas. El puente era de bastos tablones y la baranda también era tosca. El cuervo que noche a noche detenía en ella su vuelo no dejaba de crascitar mientras permanecía en el burdo antepecho. Al principio los vecinos no paraban mientes en el negro pájaro, pero como sus voces continuas los sacaban de la regalada placidez de su sueño, preguntábanse unos a otros que de dónde saldría aquel animal cuyo insoportable graznido cesaba hasta que se oían las campanadas de las doce, largas y profundas, que lo hacían alzar precipitadamente el vuelo. Pero a la otra noche volvía otra vez al puente el misterioso avechucho y sus gritos constantes turbaban la dulce paz del sosegado vecindario.

Ya nadie se acordaba de aquel cuervo. Hacía más de dos años que lo habían visto con terror y no pensaban que fuese el mismo cuervo, de plumaje negrísimo, que de tan negro azuleaba. Lo identificaron al fin y vieron que no admitía desigualdades con el otro que con horror creciente contemplaron, hacía ya bastante tiempo. Dijeron que no era sino el mismo hasta que un vecino lo vio volar de dicho puente a los balcones de la arruinada casa en que habitó el temible señor don Santiago Améndola. Muchos otros quisieron averiguar la verdad de ese dicho, y unos acecharon por las rendijas de las ventanas; otros, para cebar la curiosidad, se ponían a las puertas y por un resquicio estaban con el ojo de un palmo esperando el vuelo del cuervo. Y cuando iban por la noche callada las doce graves campanadas, la primera de ellas espantaba al misterioso pajarraco que ponía en el aire un graznido que alargábase en el silencio y después soltaba otros que se iban enredando entre las demás campanadas para perderse con ellos en la oscura lejanía.

Se posaba ya en el deshecho pretil de la casa vieja, ya en sus balcones orinecidos, y acicalábase las plumas con el pico largo y reluciente; se veía atentamente las patas; inclinaba la cabeza, aleteaba un poco, y emprendía otra vez la aguda e intermitente estridencia de sus gritos, luego se metía por una ventana rota de la casa en ruinas, la que, gracias a fornida macidez, aún mantenía en pie los anchos muros. A la noche siguiente tornaba al puente y de ahí a la desbaratada mansión apenas salía de las torres con lentitud sonora el toque de la media noche. No faltaba una sola y no dejaba de dar al aire sus chillidos que entraban hasta lo más escondido de las casas, desasosegando a todas las gentes que al oírlos se santiguaban tres cruces a la vez que decían porción de jaculatorias eficaces para alejar al malo.

Y sí, el diablo era este pájaro prieto. Fué de la propiedad de don Santiago Améndola, en cuya casa vieja se metía noche a noche, dando incesantes graznidos. Este don Santiago Améndola era un anciano de vida extraña que tuvo desconocido acabar. Gustaba de la compañía de gente maleante, de esa de vida oscura, que anda por el mundo sin Dios ni ley. Esta gentuza habladora, baldía y soez, iba a su elegante morada a conversar, a beber buenos vinos, a jugar tablas y quínolas, todo lo cual no era sino armar bulla. A menudo salían por las ventanas y balcones los gritos desaforados de las riñas y disputas, entre las que iban desmesuradas palabrotas y enormísimos nombres con que unos y otros gallofos se infamaban; eran tales esos gritos que se podían oír del uno al otro polo. Todas las noches se hundía la casa con la guasanga. Sonaban risas caudalosas y tronaban ásperas blasfemias, reniegos y porvidas. Infiernos encendidos salían de las bocas de aquellos bellacos encanallados en el mal y que se maltrataban con inmundicias, con soeces razones furiosas y rabiosas. Y sobre tan áspera algazara don Santiago Améndola o soltaba la voz desatándola en muchas maldiciones, o el descompasado estruendo de sus carcajadas. Así rodaba por cienos y muladares este señor. Tan sucia era su fama como un andrajo que está en el estiércol.

Y así, tal y como su mala reputación, era su traje. Éste se hallaba ni más ni menos como su vida de sucio, una pura asquerosidad. Se tocaba con un haldudo sombrero negro que tenía más tierra que un arrabal y más grasa que una tocinería. Debajo de ese sombrero de forma indefinida, traía siempre una mantecosa montera de lana para abrigarse la cabeza de los fríos, porque diz que padecía de vaguidos; su testa era de pelo hirsuto, grasoso y greñoso, que jamás se apaciguaba ni tan siquiera con las uñas, siempre ribeteadas de negro, y que estaba en consonancia con sus barbas aborrascadas y liendrosas. Los pechos de su luengo casacón eran como paletas de pintor, por las manchas numerosas de todos los tonos y matices que allí aglomeraba; en la chupa había reunido a fuerza de infinita paciencia y constancia, una muy completa colección de lamparones, de chorreaduras y de costras añejas de toda especie y tamaño; la usaba desabotonada para que, tal vez, se le viese la camisa que también lucía una larga y variada serie de churretes y salpicaduras multicolores que manifestaban bien claro de qué cosas se compuso el desayuno o la comida sabrosas, con mucha yema de huevo y mucho chile colorado, harto verde de guacamole, zapote prieto y dulce de leche. Se abrigaba el cuello con una larga hilacha engrasada que hacía los oficios de bufanda. Sus calzones estaban tan sobados y raídos y con una porción de goterones de grasa y huellas de manjares no identificados, como la luenga casaca de faldones muy sueltos y movedizos. Por las medias le escurrieron no sé que líquidos que les dejaron las señales indelebles de su paso, entre negruzcas y verde olivo; también las traía salpicadas de lodo y de no sé qué cosas rojas, moradas y amarillas; las chinelas eran un verdadero problema de longevidad y las mostraba perpetuamente chamagosas, tenían superpuestas capas y más capas de tierra; si se escarbara en ellas de seguro se encontrara algún fósil. Las traía sin hebillas, que usaba no sólo la gente elegante y prosperada de bienes, sino que eran indispensable adorno y complemento en el calzado de todos, y que don Santiago Améndola las creyó redundantes y las suprimió para aparecer, sin duda, más descuidado y astroso, con mayor desaliño.

Así como se honraba del pecado y preciábase del mal, así también era su ufanía el andar sucio; su mayor gala consistía en presentarse inmundo en todas partes para hacerse singular entre los demás. Triste cosa es blasonar de puerco. Además, como complemento de este pergeño, estaba en perpetua hedentina que trascendía por toda la casa. Echaba de sí un sudor incomportable con abominalísimo hedor que se quedaba perpetuamente en sus vestidos. Bastaba su respiración para inficionar el aire.

Este señor tenía en su casa un cuervo, el mismo que iba a crascitar al puente, con el cual mantenía largos ratos de conversación, hablaba con él familiarmente como con una persona amiga a quien se le comunican los íntimos sentires del corazón y se le dan noticias de nuestros propósitos. Don Santiago lo tenía por confidente. Era copioso en la comunicación con el cuervo; recreábase con su presencia y el pájaro chillaba como dándole inmediatas contestaciones. A menudo don Santiago estallaba en enormes risotadas, como si las respuestas que recibía fueran graciosas, gracejantes. Muchas veces gritábale: "Mientes y remientes, sinvergonzón de mis pecados", y como complemento de su enojo asestábale un puñetazo con el que lo aventaba lejos y le decía: "Esto y más mereces, bellaco, por embustero. Tienes destreza y artificio en engañar, pero yo muy buenos puños para castigarte por enlabiador. Y no andes más con invenciones y patrañas, pues esta mano mía te dará el justo pago que mereces. Ya sabes que la pena sigue a la culpa como infalible consecuencia".

En el balcón, a la vista de todos, se deleitaba en contemplarlo, esperando, tal vez, que de pronto descubriese alguna habilidad, o hiciese alguna gracia, o bien mantenía con él tela de conversación, como ya se ha dicho, lo que era el asombro de la gente. Pávida se quedaba ésta oyendo aquellos largos e insólitos monólogos del mal pergeñado señor, los que parecía entender el cuervo con muy cabal distinción. No sólo se creería que estaba percibiendo el sonido exterior de las palabras, sino también su significado y alcance. Penetraba la médula de ellas. Ya inclinaba la cabeza como asintiendo o meditando, lleno de graves preocupaciones; ya la levantaba para escuchar con mejor atención y atraer ideas; ladeábala hacia un lado o bien hacia el otro, como si mostrase duda de lo que escuchaba; sacudía las alas para negar un concepto y en seguida gritaba y don Santiago dejábalo que soltase sus ásperos graznidos y luego decía, irguiendo el índice y poniendo en su rostro solemne aire de convicción: "Sí, sí en efecto, tienes razón, mucha razón, hijo mío." O exclamaba muy paternal: "No la tienes, hombre; no la tienes. Andas metido en grave error. Reflexiona para que pronto salgas de él. Es una pena que pienses así."

Tornaba otra vez a crascitar y el señor lo escuchaba con tanta atención como si estuviese llegando a sus oídos la verdad. Don Santiago Améndola atendía sin pestañar diz que a sus razones. A veces, como si le dijera un escondido secreto, ponía la cabeza junto a él para oírlo mejor y no perder sílaba de su discurso, y hacía muy grandes aspavientos como si no diese ningún crédito a lo que le confería misteriosamente. Otras ocasiones lo acontecía un gran tropel de carcajadas y casi no se podía tener de risa. Estaba bañado de extraordinario gusto por lo que escuchaba, que no parecía ser sino muy gracioso, mientras que el pajarraco abría y cerraba los ojos que eran como movibles cuentas mojadas.

Se divulgaban por dondequiera, con gran admiración, estas extrañas pláticas. A las gentes las dejaba del todo absortas con tales coloquios. Aquello era infalible e incomprensible. Bien ayuno y a obscuras estaba todo el mundo de eso. Pero no eran sino puras representaciones de embustes y embainamientos. Tenía don Santiago al barrio entero en infusión de embelecos. Muy a menudo el cuervo se posaba en su hombro y le metía el piso en la oreja diz que para revelarle secretos, esos secretos que Dios tiene reservados para sí. De esta manera y por medio de ese cuervo, decía don Santiago, le arrojaba el Señor sus inspiraciones e ilustraciones en el entendimiento y voluntad. Marañas, artificios y trampantojos. No había más que burla y engaño. A todo el mundo traíalo embaucado y fuera de sí el mugriento caballero.

El Diablo le llamaba al cuervo. Y si alguno de los pelafustanes, sus amigos, le decía algo en burlas o en enojo, se le encendía la rabia a don Santiago y en el acto descargaba en él su ira con golpes; pero, si por el contrario, alguien le alababa al pájaro, mostrábale blandura y halago, no sabía fiestas que hacerle. El nombre del Diablo sonaba con dulce amor a todas horas en la maldita casa de don Santiago Améndola. Si algo rompían o estropeaban los criados por el descuido torpe de sus manos, u ocasionaban algún otro desperfecto los frecuentadores de la casa, con achacarle el estropicio al Diablo no sólo no salía el coraje de don Santiago, sino que mostraba un increíble contento: "Si lo hizo el Diablo está bien hecho", decía, y con mano cariñosa y leve le alisaba el negrísimo plumaje y le ponía apasionados besos en el pico.

De pronto desaparecieron don Santiago y su cuervo. Los criados no vieron salir al amo, menos saber dónde paraba. Hizo la ida del humo don Santiago. Sus groseros amigachos lo buscaron por toda la ciudad por la cuenta que les tenía hallarlo, y por ninguna parte lo encontraron, ni en los más secretos ostugos, a los que asomaban sus ojos indagadores; no parecía sino que súbitamente se lo sorbió la tierra. Todos se desesperaban por no dar con él. Había una pequeña habitación en la casa que de continuo estaba cerrada; la llave la traía siempre don Santiago encajada en la pretina, sin fiarla a nadie. Se barruntó un día que ahí pudiera estar morando consigo a solas, en busca de lo obscuro y lóbrego, pero con pan y otros manjares en aquel escondrijo. Derribaron la puertecilla y a la luz que bajaba de una alta claraboya tupida de rejas, vieron que no había ni un solo mueble, ni una colgadura, ni nada, fuera de sucias estrazas e hilarachas. Las paredes estaban tendidas de cal y en el piso ensolado con grandes baldosas húmedas, se hallaba un gran Cristo de madera enclavado en una cruz chapada de carey en afiligranadas cantoneras de plata, a un lado unos recios azotes de varios ramales y plumas, muchas plumas negras. Se conjeturó, desde luego, que éstas eran del maldito cuervo y con razones congruentes y verosímiles se dedujo al punto que con aquellas cuerdas ásperas don Santiago azotaba al crucifijo y hasta se creyó ver sangre en las baldosas y en el carey de la cruz. Unos clérigos sapientísimos dijeron que esta conjetura no era engañosa.

Mucho que pensar tuvo la desaparición de aquel mugriento señor. Se erizaban los caballeros al fijar la atención en este suceso, pues todos estaban amedrentados y espantados. No había un solo corazón en que no hubiese entrado el miedo. La casa se quedó sola y se fué empeorando y cayendo. Se decía que por las noches una trémula luz azul se veía andar lentamente por los balcones, salir por las cuarteaduras y alargarse por las claraboyas temblorosa, larga y fina, y que lanzaba rayos de siniestra claridad. Lo que sí fué notorio y manifiesto es que el cuervo volvió a la casa en ruinas pasados cosa de dos años. Salía de ella a boca de noche y se iba a posar a la baranda de la vieja puente a esparcir graznidos, y de donde lo espantaba la primera de las campanadas de las doce. Viendo aquel extraño pájaro que aseguraban todos que tornaba del infierno, las buenas y pacatas gentes decían oración mientras que formaban sobre sí la santa señal de la cruz.

LA CRUZ DE SANTA CATARINA

La tarde va, lentamente, al ocaso, con una suavidad tibia. Es de un oro y de un azul apacibles. Los toques de las campanas dejan una inefable ternura en el aire. A esas voces que vienen, rítmicas y claras, de los conventos y de las iglesias, el agua que corre por las acequias les cuenta dulces, melódicas cosas , y se ríe, canta y pasa. Pasa fugitivamente como la vida, como nuestras vidas. El agua es una perpetua lección de lo transitorio que es nuestra existencia. Sopla con un aire quedo que levanta olores entre las yerbas, capaces por su inocencia de detener cualquier pensamiento malo. El vejezuelo Juan Rodríguez de Berlanga está a la puerta de su huerto que tiene un dulce encanto en su abandono agreste, y en el que la tarde se remansa llena de sencillez, de pureza y de sosiego.

Este viejecillo, Juan Rodríguez de Berlanga, tiene siempre una infantil alegría, una ingenua simplicidad de niño. Es pobre, es cristiano viejo, es resignado. Su vida está llena de calma y de honrada felicidad. Posee sonrisas y suavidades de abad viejecito que siempre sabe perdonar. Cuando le cuentan padecimientos pone en ellos su bondad, su ternura delicada y los suaviza; y si le dicen contentos, con la gracia leve de su sonrisa los magnifica, les da con ella el parabién. A su lado se recibe una impresión de tranquilidad, de paz profunda y bienhechora, paz sedante. Este vejezuelo medita, viendo entre el crepúsculo el recogimiento monástico de su huerto. Sus pensamientos se acompasan con el gorjeo del agua fugitiva, y así va su callado monólogo:

"—Mi iglesia es la vieja iglesia de Santa Catarina Mártir; en ella bautizaron a mis padres y a mi mujer; y mis progenitores y María Teresa duermen bajo las losas del atrio el eterno sueño de la muerte. A mí también me bautizaron en Santa Catarina y allí reposarán mis huesos. Mi vida está ligada a esta iglesia por esas sepulturas. Por eso he querido poner allí una cruz, y me duele en el alma que no la haya en su atrio, tan vasto y tan hermoso. Siempre estoy pensando en esto. Soy muy devoto de la Santa Cruz, y cuando yo parta del mundo quisiera que mi alma se fuese entre sus brazos. Toda la ciudad está llena de cruces de las iglesias; en medio de los patios anchurosos de los conventos, en muchas casas se ven realzadas sobre la argamasa, la piedra, o el tezontle de sus fachadas; se encuentran innumerables, encima de puertas y ventanas, entre el barroco retorcimiento de las cornisas, en las esquinas, sobre su pretil, y se han puesto en una infinidad de nichos. Está, como en la calle de la Cruz Verde, labrada en el filo de la esquina, con un brazo doblado hacia la calle de los Migueles y con el otro, a la que le da el nombre. En el centro del atrio de la Catedral se halla la cruz llamada de Mañozca, porque el señor arzobispo don Juan de Mañozca y Zamora la trajo del pueblo de Tepeapulco y se desbastó porque era muy gruesa y corpulenta para colocarla donde ahora está. También se encuentra en la cerca de la Iglesia Mayor, por el lado del Empedradillo, la cruz que le dicen de los Tontos; la de

Cachaza se levanta en la plazuela del Volador, esquina de la Universidad, a su pie ponen los cadáveres de los pobres para recoger dinero con qué enterrarlos; los padres jesuitas han labrado una muy hermosa en el cementerio de San Pedro y San Pablo; en la plaza de Santiago Tlatelolco, se alza una antiquísima y grande, en un tallado pedestal; hay otra en la plazuela del Factor, y la otra, la de los Ajusticiados, en el vasto atrio de Jesús Nazareno, famosa porque junto a ella se cometió un terrible, espantoso crimen que conmovió a toda la ciudad; pero la más notable que ha habido, y que creo habrá, es la del convento de San Francisco; fué hecha con el más alto ahuehuete de Chapultepec, o ciprés de Moctezuma, como les decían a esos árboles corpulentos los españoles conquistadores; sobresalía esa cruz de las más altas torres y era alivio y consuelo de los pobres caminantes que desde muy lejos, tres o cuatro leguas, la divisaban, y era ya como guía para llegar a México.

"De todas las demostraciones de la piedad pública, las cruces han sido la más común, en términos que en dos ocasiones distintas llamaron la atención de las autoridades eclesiásticas, la primera hace ya mucho tiempo, allá por el año 1539, si mi memoria no me es infiel, que creo que no, en que reunida la Junta Eclesiástica con objeto de arreglar algunos puntos disciplinarios, mandó que se derribaran muchas de las que existían, que no hubiese voladores junto a las que quedaban y que se quitasen las de los patios de las casas de los indios. La segunda fué hace poco, en que fijándose el Santo Oficio en su crecido número y en su colocación, comisionó al Doctor Pedroza para la reforma de las muchas que había en las calles, puestas sin la debida veneración y sin licencia.

"En el atrio de Santa Catarina, es mi pena constante, no hay una cruz y no remata ninguna su torre. En donde está ahora ese templo estuvo antes el horrible y ensangrentado de Tezontlalamacayocan de los aztecas, y yo creo que la espantosa deidad a quien se hallaba dedicado se encuentra aún por allí agazapada, inmortal, irradiando sus terribles maleficios, y que sólo una cruz en el atrio la podrá alejar con sus brazos amorosos. Yo quiero levantar esa cruz, pero soy pobre y no tengo con qué. A diario le pido a Dios, nuestro Señor, que me conceda esa dicha. Este huerto ya no es mío; esta casilla mísera con cuarteaduras y goteras, en que me abrigo, ya tampoco es de mi propiedad; pedí dinero para restituirle la salud a mi pobre mujer, luego para su entierro. ¡Dios la tenga en su gloria!; firmé unos papeles, y vinieron luego un abogado y un escribano y me hicieron firmar otros papeles; después me dijeron que ya nada de esto era mío, que lo había perdido todo, yo no sé. ¡Válgame Dios! Me dijeron que únicamente tres meses más sería la casa y el huerto de mi propiedad; si yo pagué casi todo lo que debía, pero ellos dicen que los réditos, que la retroventa y qué sé yo qué cosas que no entiendo. Ellos, como letrados, saben bien de esto. Sólo me queda la cosecha de esos dos perales viejos, tan viejos como yo ¿Qué haré, Señor? Con sus manos los sembró aquí mi padre; muy pequeñitos se los dieron los frailes del Carmen de San Ángel. ¡Ay, Señor, que idea buena me has iluminado! ¡Bendito sea tu santo nombre, Señor! Con esos perales haré la cruz que anhela mi vida. Sí, con ellos la haré; con la fruta que ahora tienen voy a pagar a un carpintero de lo blanco para que la labre. Ya estoy contento, Dios mío, muy contento".

Bajó la noche al huerto, apacible y callada. Entre las ramas de los dos perales canta el viento y el corazón del vejezuelo, Juan Rodríguez de Berlanga también canta gozoso, infantil, junto con el agua que corre llevando un temblor de estrellas.

Como lo pensó lo hizo. La cruz labrada con los viejos perales, el único patrimonio de este vejezuelo, se alzó magnífica en el atrio de Santa Catarina Mártir. Juan Rodríguez de Berlanga estaba en la miseria; se hizo en extremo pobre; cuántas cosas necesarias le faltaban al desgraciado viejo. Vendió con alegría lo que le quedaba para mandar forjar una cruz de hierro que rematara la torre. El suelo duro tenía ya por cama. A toda hora se hallaba a su puerta la ejecución de la necesidad. De todo carecía. Estaba perecido al lado del hambre; no había los más días qué llevarse a la boca.

Largas, felices horas, contento con su miseria se pasaba en el atrio viendo aquella cruz preciosa pintada de azul, sentado en la sepultura de sus muertos, sintiendo que salía de ella algo invisible, delicado, que le llegaba al corazón como una sonrisa de beneplácito que iba a refrescarle su pobreza. Le manaba una gran ternura. El día de su boda y el día en que bendijeron esa cruz, fueron los más felices de su vida, y tuvo aún otro de dicha alborozada: cuando colocaron en la torre la sencilla cruz de hierro que mandó forjar con lo último que le quedó. Viendo sus dos cruces experimentaba Juan Rodríguez de Berlanga las soberanas dulzuras y tenía contenta el alma y gloriosa. Lloraba el pobre de alegría con aquel cielo en su pecho; se le volvían las lágrimas en una fuente copiosa de gozo. Con grande gozo lloramos y con lágrimas no gozamos. Así es la vida.

Sus pobrecitos ojos cansados no alcanzaban a ver bien la cruz de la torre; no percibía la gracia de aquellos hierros que iban de los brazos a la cabeza y de los brazos al cuerpo de la cruz, retorcidos en delicadas filigranas y en flores. Una tarde quiso verlo de cerca, y de la torre pasó a la bóveda de medio cañón; se puso en pie a la orilla del alto frontispicio del templo, y alzó su mirada, embebecida, amorosa, para ponerla en la cruz que estaba a esa hora llena de sol y rodeada del parloteo de las golondrinas que iban, tal vez, a contarle sus cuitas, a contarle de sus alegrías y de sus viajes. Juan Rodríguez de Berlanga la miraba con suave ternura, enviándole el alma con los ojos, estremecido de dicha. Cruzó las manos sobre el pecho, inclinó la cabeza y empezó a decir una oración que su madre le enseñó cuando niño. Lloraba recordando a la madre viejecita, doliente y resignada; creía tener sobre sí la azul dulzura, el suave peso de sus ojos mansos. Hizo voz de pena y murmuró:

"—Madrecita mía, qué lejos estás; pero ya mis manos me van acercando a ti", y alzó los ojos en los que las brasas del ocaso le pusieron dos gotitas de fuego, y envió a la cruz su mirada húmeda y grande, y con ella su corazón como otra golondrina alucinada.

Pero, de pronto resbaló, un helado escalofrío le penetró hasta los huesos; quiso asirse, dio un grito enorme, de espanto, que se incrustó temblando en toda la tarde. Se fué al vacío el pobre viejo, dando vueltas y vueltas en la amplia curva de una parábola. Pero antes de llegar al suelo la cruz del atrio, su cruz, hecha a costa de su miseria, echó dulcemente los brazos hacia adelante y lo recogió del aire con blandura amorosa de madre, y entre ellos el espíritu, libre como paloma, voló a las moradas eternas a posarse en el nido de la eternidad.

Al otro día todo México vio, con asombro, al blanco vejezuelo Juan Rodríguez de Berlanga, como dormido en sueño apacible entre los brazos de Santa Catarina Mártir, que los tenía torcidos, echados hacia adelante.

LOS GALARDONES DEL MAL

Una inquieta multitud llenaba la Plaza Mayor de mar a mar. Como estaban los cuerpos pegados codo con codo y pecho con espalda sin moverse, se respiraba la respiración ajena. En los balcones arracimábase la gente; las azoteas estaban pletóricas de un sinfín de curiosos, los había hasta amontonados en los pretiles de la Catedral, aún inconclusa; también en los del Real Palacio no cabía una persona más. De toda esta agitada muchedumbre salía un rumor vasto como de olas continuas, que llegaba distinto hasta el alfoz de la ciudad.

Se iba a llevar a la horca, la temida *ene de palo* en lenguaje de germanos, a Honorio Cotero, criminal de renegridas entrañas, que con grandes crueldades había sacado muchas vidas de este mundo y ahora él con la suya iba a rematar cuentas con la justicia que siempre cobra. Desde niño fué mal inclinado Honorio Cotero; gozaba con extrañas voluptuosidades en hacer daños de los peores a un ser viviente. A palomas y pájaros gustaba meterles poco a poco en el cuerpecillo tembloroso púas de maguey hasta que se les escapara la pequeña vida, quedando con el cuello colgante, largo y fláccido, y con el pico abierto con la angustia de la desesperación y él con las manos llenas de sangre; ataba en un poste a los corderos y mientras que lo veían con la mansa ternura de sus ojos tristes, les enterraba un clavo en la cabeza con tan impasible indiferencia como si lo hincara en la pared no en carne viva y dolorosa; a las gallinas, a los ratones y a otras bestezuelas les metía el cráneo entre las hojas de una puerta y la cerraba con rapidez para aplastárselas y que esparcieran un caliente chisporroteo de sangre y de sesos; a mariposas, arañas y gusanillos los ponía en cazuelas calientes y sus tormentosos retorcimientos sacaban grandes y caudalosas risas del cuerpo al malvado muchacho que se complacía con los padecimientos ajenos.

También se reía mucho, con un sinfín de carcajadas, cuando a hurones, armadillos, tlacuaches, ardillas y a otros animalejos montesinos, les apagaba los ojos con un punzón y los volvía a restituir al campo, gustando de una felicidad anticipada e incomparable con las penas que iban a pasar hasta que se les acabara la vida; por la noche amarraba grandes cohetes tronadores en la cola de los gatos y salían éstos enloquecidos, como exhalaciones, y las gentes, asustadas, se santiguaban tres cruces y decían jaculatorias, creyendo que era el Malo el que pasaba envuelto en chispas, dando bufidos y con ojos de lumbre.

Era para Honorio motivo de diversión encerrar a varios guajolotes en un guacal grande, con piso de hojalata bien caliente, asentado sobre brasas para que no se le fuese el calor y los animales saltaban sin parar como si estuviesen bailando al son de la chirimía que tocaba el pícaro que se hallaba ocupado todo de gozo insensato: le complacía mucho arrojar perros a las norias y se acodaba en el brocal para verlos nadar y nadar anhelantes, dando desesperadas e inacabables vueltas, queriendo en vano los infelices asirse con hocico y uñas al muro resbaladizo y musgoso.

En lo profundo los veía agitarse y aullar en agonía, chapoteando con ansiosa angustia en aquella agua inmóvil que sonaba de manera extraña entre las paredes hondas y rezumantes, hasta que al fin, cansado el pobre animal se entregaba a la muerte y entonces toda el agua se aquietaba con lisura de espejo y reflejaba el cielo, sereno y azul, interrumpida por la mancha negra del cuerpo que flotaba inmóvil, y adivinábase que tenía la mirada hacia arriba, húmeda de lágrimas.

Creció tan perversa criatura refinando sus sentidos en el mal. Era un mozancón gallardo y fornido, con manos bastas, pelambre hirsuta y mirada dura. Su corazón estaba anegado de maldades, era un cenagal hediondo con dañinas alimañas. La madre, viuda y pobre, iba con dolorosa constancia a las iglesias de su barrio, a contar a los santos sus inacabables cuitas, pidiéndoles entre sus lágrimas, con las manos viejecitas apretadas sobre el pecho, que tuvieran término sus penas y le pusieran al hijo malo los pies en la senda segura de la que se había salido.

Creyó cierta vez la buena mujer, tan cordial, tan dulce, que aquel mozallón de mala condición, iba a componer la conducta porque el Señor lo había ya llenado de su divina luz y amor, pues que apenas ella con su vocecita tímida y temblorosa le insinuó que quería se confesara, cuando Honorio, quedándose un momento pensativo y parpadeando levemente, dijo que lo haría con gusto. Con este incomprensible asentimiento pensó la madre que Dios le tenía ya ensanchado el corazón con la virtud y la fuerza de la gracia, y su cuerpecillo, fino y leve, lo sacudió un desmesurado gozo que la hacía llorar.

Estaba la viejecita llena de ternura, viendo con la acariciante mansedumbre de sus ojuelos llorosos a su hijo hincado de rodillas a los pies del sacerdote, hombre manso y sonriente. Le llegaba el perfume sutil de la madera de cedro del confesionario y creía que de puro gozo estaba manando esta fragancia por el arrepentimiento del mancebo, y que las rosas de un altar cercano también con alegría unían la exquisita delicadeza de su aliento, y que, por alargarse ansiosas hasta el muchacho arrepentido para verlo mejor, muchas de ellas se deshojaban, dejando en el aire con el descenso de sus pétalos, su olor suave y delicado.

Pero, de pronto, la desventurada vieja, que era todo temblor de gozo, lanzó un grito largo, trémulo porque su hijo se puso de pie revestido del demonio, pues tanta era así la ferocidad que mostraba en los ojos, y se quiso morir al ver que impetuosamente le metió al clérigo la mano por el cuello de la sonatana y agitándolo con furia lo sacó del confesionario, y ya fuera de él, con la otra mano le descargó a puño cerrado un golpe tan grande con el que lo dejó tendido en el suelo, y a las patadas y bofetones que le prodigaba le añadía denuestos y contumeliosas solturas de lengua que iban sacando ecos atropellados de todo el templo y un quejido leve de la boca ensangrentada del sacerdote anciano.

Unas beatas rezanderas, el sacristán, la madre, quisieron detenerlo, pero les distribuyó empellones brutales y manotadas y salió muy campante de la iglesia, cantando una lúbrica canción de celos, *La Coscoja*, abominable tonadilla que encendía rubores. Honorio le había dicho un pecado grave al sacerdote, quien le pidió con dulzura que se arrepintiese, al punto, de haberlo cometido, y el malvado Honorio dijo que no le pesaba haber incurrido en él, puesto que había sido mucho lo que gozaba ejecutándolo y que si la ocasión venía otra vez propicia haría eso mismo cuantas veces pudiera, pues segurísimo estaba de que le iba a causar siempre idéntico placer.

El Padre le manifestó que se vería obligado, con gran dolor de su corazón, a no absolverlo si no se dolía sinceramente de haber caído en esa fea culpa, sin contrición verdadera no recibiría perdón. Replicó el mal sufrido Honorio que no iba a separarse jamás de esos finos gozos, que no era tan idiota para dejarlos pasar y no cogerlos; el buen sacerdote le afeó una vez más sus sentimientos y su contumaz obstinación, con lo cual se le hizo al bellaco una hoguera en el pecho. Poseído del furor de la ira ya no fué dueño de sus manos, ni pudo refrenar la lengua que se desbocó en abominaciones inacabables.

Esto lo hizo dejar la casa porque su madre no hacía sino llorar y rogarle a toda hora que contuviera los ímpetus que tanto mal acarrean, le pusiera fin a su maldad, deshabituara la imaginación y la hiciese perder sus malas mañas. Pero el pícaro mancebo no recompuso sus costumbres y siguió de holgazán en sus inacabables trapisondas, pues siempre estuvo emproado hacia el mal. La infeliz vieja no hacía todos los días sino rezar y gemir porque nunca había podido bajar la rebelde cerviz de su hijo. Honorio se desgarró para siempre de la casa. No andaba sino en mancebía y tablajes en donde cobraba baratos y levantábase posturas de descuidados, y, además, le pagaban para que llevara a incautos que son suaves para el desplume. También era hábil trainel de una esplendorosa daifa a la que le sacaba buenos dineros por sus servicios insuperables.

Un mozo de la misma edad de Honorio Cotero y tan acanallado como él, era un tal Damián Breto, lo distrajo mañosamente en un garito cuando habían hecho una apuesta de consideración, mostrándole los hábiles floreos que hacía con una reata un su compinche en la rufianesca; movió Damián el dinero hacia otra carta, llegó la ganancia que se alzó lindamente, pero Honorio, que vio bien hacer·la trampa, bramando con sumo coraje dentro de sí mismo, le dijo al pillastre delante de todos los tahures que utilizaría pronto una reata bien retorcida y resistente, ya que tanto le agradaba, para imponerle tres castigos ejemplares. Desde el día siguiente se vio a Honorio Cotero con una larga y retorcida reata de Chavinda enrollada a la cintura en espera de la ocasión propicia para usarla.

Una noche fué el tan mentado Honorio al merdoso cuchitril en que habitaba el fullero Damián Breto y, arrebatado de enojo, con una insigne bofetiza lo persuadió en un dos por tres, sin dejarle punto de duda, de que deberían salir juntos a la calle, y a empellones y punteras lo llevó hasta la Catedral, y con otra contundente arremetida de mojicones que tuvieron su correspondiente efusión de sangre, logró convencerlo pronto de que ambos subieran a la torre. Damián temblaba, el otro pícaro reía. Le ató una punta de la reata por debajo de los brazos, y el extremo contrario al badajo de una campana, la mayor, "Doña María", y le dijo que lo iba a descolgar hacia la fachada para que tomase el agradable fresco de la noche de mayo; pero que tuviese sumo cuidado en no moverse, porque si lo hacía iríase a estrellar en el pavimento del atrio, pues la cuerda estaba de tal modo puesta, que con cualquier mínima agitación se correrían los nudos, con lo que sería inminente la caída para quedar hecho en el suelo una tortilla colorada.

Damián Breto pasó la noche en la inmovilidad de estatuta, suspendido sobre la oscuridad del vacío, mirándose abajo hecho una revuelta masa de carne, huesos, sesos y sangre, que los perros lamían con lengua ávida y golosa. No sé cómo no se derretía Damián Breto con tantos y tantos sudores copiosísimos que le sacaba la congoja en que estuvo hasta que lo bajaron, que fué ya con el sol alto. Tenía empapados los cochambrosos harapos de sudor y de otras cosas más. El viento de la noche le oreaba la doble mojadura, pero a poco ya estaban de nuevo penetrados de esos líquidos, en escurrimiento constante.

Apenas a Damián le había entrado el alma en su almario, cuando se topó en Tacubaya con el rencoroso y vengativo Honorio, quien muy amigable lo llevó, como si tal cosa, a un mesón, en donde lo regaló con tostadas y un vaso de vino; y como adivinó que traía dinero, fruto de una larga pillería por mesones y molinos, lo hizo que sufragara el gasto y con el sobrante lo obligó también a que lo diera por el alquiler de un caballo matalón en el que le dijo iban a dar un paseo delicioso por los aledaños del pueblo, pues la tarde llena de sol convidaba a espaciarse por el campo, pleno de olores. Ya fuera de la contornada lo volvió a atar con la reata, montó él en el caballo y le puso piernas, que, agregadas a los azotes, hicieron que el penco saliera a carrera destapada, llevando a rastras al pobre truhancillo, y así por largo rato lo trajo Honorio por aquellos llanos y lomeríos en cuyos pedregales iba dejando como muestras rojos pedazos de carne, pero a cambio de ellos se llevaba el picaño miles y miles de espinas al pasar sobre bisnagas, tasajillos y tupidas nopaleras.

Después de este accidentado paseo, Honorio, solícito, lo condujo a su tugurio, y en cada herida, que eran muchas, le hechó vinagre y un buen espolvoreo de sal, cuyo medicamento el desgraciado bramó como fiera herida, y echaba saltos acrobáticos, revolcábase en el suelo, se retorcía como culebra con cólico miserere y sin cesar manoteba como un poseso, con grandes espumarajos en la boca, sin que se le extinguieran los alaridos, pues creía que aquellos dolores y ardores penetrantes le iban sacando la vida, a la que estaba tan aferrado porque le sacaba buen jugo. En tanto Honorio lo veía impasible, sonriendo y tarareando el horrendo *Petipá*. Nunca la piedad cupo en el pecho de fiera. Se fué muy tranquilo dando al aire otra tonada, *La culebrosa*, que tenía puesta la excomunión mayor para el que la cantara.

Cuando se halló sano se presentó de nuevo en su apestoso zaquizamí y le dijo que se tranquilizara y tuviera quietud, puesto que ya le iba a aplicar el último de los castigos prometidos, con el que siempre jamás quedarían finiquitadas sus cuentas. Lo amarró bien, tras las consabidas bofetadas para sosegarle los ímpetus, que se le alzaron un poco, a la reja de un ventanillo, y con la reata de marras bien mojada para que ganase en flexibilidad, le empezó a dar, a más y mejor, formidables zurriagazos que le despedazaban las carnes. Casi lo desolló con tantísimo azote, pues desde la planta del pie hasta el remolino de la cabeza lo puso acardenalado. Damián vertía sangre hasta por los ojos y orejas.

La justicia supo de estas hazañas y buscaba a Honorio para premiárselas cumplidamente, pero el ladino pelafustán, para evitarse el galardón, pues era de esas gentes modestas que huyen de honores y homenajes, dejó la ciudad y se unió a una peligrosa cuadrilla de bandoleros que andaba asaltando mesones y caminos con brillantes resultados pecuniarios. Grandes fueron las múltiples fechorías que realizó Honorio Cotero, siempre tintas de sangre, que era su pasión. Sobresalían sus hechos entre aquella desmandada caterva de forajidos. Se contaban, sin que tuvieran fin, sus temerarias proezas de valor y de audacia. Por la inconformidad en el reparto de cierto botín, se enredó en una riña con el capitán de la partida, y para apaciguarle la indómita vanidad le proporcionó unas cuantas puñaladas, no muchas, pero al fin y al cabo muy suficientes para dejarlo en paz, camino de la otra vida. Se alzó con el mando de la cuadrilla sin que ninguno de los otros facinerosos se lo disputara, pues todos ellos temían a Honorio y jamás le chistaban.

Era de brava, de dura y áspera condición el terrible Honorio Cotero; no se le podía ver ni sufrir. No se contentaba sólo con robar a los viandantes, sino que antes de despojarlos de lo suyo los hacía padecer incomparables sufrimientos con azotes, quemaduras, piquetes con aguja de arria o de enjalmar o con punta de cuchillo caliente, y después, si tenía antojo, los dejaba libres pero en cueros vivos, o les daba una certera cuchillada, o un balazo, o golpe con virote de hierro en la cabeza, el caso era que la sangre le salpicara la cara; entonces respiraba amplio y sonreía feliz. Siempre anduvo hecho un lobo bañado de sangre.

Con una traición bien pagada lo hizo suyo la justicia. Al aprehenderlo se le puso la faz horrenda y espantosa de pura rabia; echaba llamaradas por los ojos, y sus maldiciones y blasfemias subían bramando hasta las nubes. En unas cuantas semanas quedó finalizada su causa que se remató con sentencia de acabar en la horca. Para ver su merecido fin una multitud acudió a la Plaza Mayor, rebosaba en los balcones y cubría las azoteas. Lo sacaron de la Cárcel de Corte bien custodiado en un caballejo cojo, especie de colosal armazón de huesos que se contaban bien, sin ninguna dificultad, debajo de la piel con mataduras en unas partes, en otras encallecida y en las más sin pelo; ya los años lo habían despojado de la cola y de las crines, retorcido las patas y enjutado el cuerpo, y le pusieron un triste balanceo en la cabeza descarnada, con ojos dolorosos y resignados.

Caballero en este rocín acecinado, le dieron la vuelta por toda la Plaza Mayor, en tanto que el pregonero de culpas, a voz en grito, iba diciendo la espantable retahíla de sus delitos; sobresalía el vozarrón potente por encima del murmullar del gentío asustado. Honorio Cotero iba muy erguido, cabalgando en su huesoso jamelgo, con toda la larga cabellera revuelta por el viento y los ojos perdidos hacia lo lejos, como si contemplara un abierto confín.

Subió lentamente y con aplomo el tablado nefando y se puso a esparcir miradas curiosas como si buscase a alguien por el ancho ámbito de la plaza, henchida de enorme multitud. Con toda tranquilidad dio el cuello al verdugo para que le pusiese la cuerda como si lo entregase a un barbero para que le acomodara la bacia o le compusiese piocha y bigote y la cabellera despeluzada. Ya con la soga con buen nudo en la garganta, al irlo a izar se reventó ésta, y en el enorme silencio que se había tendido sobre el gentío, resaltó el golpe seco del cuerpo al caer sobre el entarimado; le volvieron a poner el lazo y al levantarlo tornó de nuevo a romperse. Entonces se dijo que la horca lo rechazaba. El populacho, apasionadísimo, con la mayor rabia del mundo, quiso acabarlo a pedradas, algunas zumbaron por el aire entre maldiciones y gritos, pero los guardias distribuyeron cintarazos oportunos y dispararon al aire sus mosquetes, lo cual sosegó las alteraciones de la muchedumbre y solamente quedó persistente un vasto vocerío en toda la plaza, pero jamás se vio gente con más sosiego.

Se quiso componer el tan temido artilugio y no se pudo, y los señores de la Real Audiencia que estaban en un balcón del Real Palacio presenciando la ejecución de su justicia, le conmutaron la pena de horca a ese hombre de tan mala condición, por la de azotes que le aplicarían allí mismo, en el cuerpo desnudo; pero como no se especificó el número que le habían de suministrar, dos fornidos taragotes le dieron a turno cerca de los doscientos, replicados a buen son, pues eran duchos en ese negocio, y fueron más que suficientes para que Honorio Cotero hiciera un bonito y rápido viaje al infierno, en el cual, según dicho de unos teólogos, está aún achicharrándose en muy buena compañía.

LO QUE CONTÓ LA DIFUNTA

En larga fila procesional iban las monjas por los claustros en sombras, las manos bajo los escapularios, los ojos en tierra. Se deslizaban por la puerta de jambas barrocas que accedía al coro. Después de la última sor se cerraron las recias hojas de menudos cuarterones rectangulares. Las religiosas fueron ocupando sus respectivos asientos en la esculpida sillería; en el de alto y complicado copete, que ostentaba en el respaldo un rígido santo mitrado, se acomodó la priora. Dos velas en una mesilla, entre las que se erguía lleno de sangre y de llagas un crucifijo, apenas si alejaban con su temblona luz amarilla la oscuridad del recinto abovedado. No sobresalían de la sombra más que el blancor de los rostros, la exangüe palidez de las manos. Tras de la tupida reja se ahondaba el anchuroso recinto de la iglesia, lleno de oscuridad espesa, entre la que saltaba la inquietud de la lucecilla del sagrario como un ansia temerosa por estar sola, tan chiquita y tan tenue, en aquella vasta lobreguez de la que en vano pugnaba por desprenderse e irse fuera de aquella negrura pavorosa.

El órgano guiaba lentamente los cantos litúrgicos que salían de la noche y se mezclaban al vago rumor de los árboles del patio y a la cristalina querella de la fuente. Entre los claros del silencio que dejaban los rezos, se quedaba el rumor leve del agua que surtía interminable y musical. Una gran quietud se asentaba en aquellos largos claustros y en los patios anchurosos, con arcadas. La ciudad estaba dormida y ningún ruido profano venía de la calle a interrumpir la calma del convento capuchino, no digo de noche, pero ni aun de día se alteraba su sedante reposo. Mostraba una serenidad inalterable en consonancia con la infinita paz de sus moradoras. La tranquilidad de sus almas parece que se reflejaba en su sosegada casa.

Las monjas con sus voces puras seguían cantando sus maitines. Unas temblaban caducas porque eran de viejecitas, otras se alzaban límpidas y firmes, expresión de que aún no las marchitaban los años. De pronto salió una voz potente, llena de inflexiones delicadas.

¿Quién cantaría así esta noche? No se había escuchado nunca en el coro una gama tan exquisita de matices. Era un halago para los oídos. A veces parecía que la tersaba una gran ternura, otras que envolvíase, desesperada, en la angustia y luego quedábase trémula, agitándose entre sollozos, para después serenarse y sonar fresca como el agua que se descualga por el manantial. La curiosidad de las madres no paraba de devanar preguntas. ¿Quién sacaría tan lindos tonos de su garganta? Terminaron los maitines. Las monjas fueron saliendo, lentas y silenciosas hacia el claustro tenebroso. Se iban metiendo en sus celdas. El crujido de unas puertas, el rechinar de otras, quebraban el silencio. Después un gran sosiego y sobre éste la sombra con el alto fulgor de las estrellas.

En la puerta de pequeños cuarterones de la señora abadesa, sonaron ligeros golpecillos y entró trémula la madre clavera. Por su voz corría el espanto al decir que en la santa casa sucedía algo terrible. Ante el ademán de azoro de la abadesa con el que expresaba su duda, pues nada sabía que saliese de lo habitual a romper la regla, aclaró asustada la tornera que había sesenta y seis hermanas en clausura y que esa noche contó sesenta y siete. ¿Sesenta y siete? Sí, sesenta y siete. Salieron del coro treinta y tres parejas y detrás de todas ellas iba sola una monja, muy inclinada de cabeza, por lo que no pudo saber quién era.

La abadesa le replicó que el sueño que la agobiaba no la dejó contar bien y hasta la había hecho ver una de más; que fuese a descansar y que pidiera a Dios que la tranquilizara y le apartara esas vanas figuraciones que el cansancio le metió en el cerebro. Porfiaba la otra madre: que no eran ensoñadas fantasmagorías, que contó bien, muy bien, que el Señor le había dado claridad para nunca equivocarse en sus cuentas: ahí estaban para atestiguarlo bien los cuadernos con las nóminas de lo que se gastó en las reformas al templo y al altar churrigueresco del Cristo de los Desamparados. No faltaba ni un punto, ni una coma, ni siquiera una tilde. Todo justo, muy exacto. Ella no se equivocaba en operaciones complicadas, menos en una simple suma. Que eran sesenta y siete las monjas que salieron del coro, que una iba detrás de todas, lenta y cabizbaja. ¿Y aquélla nueva voz que todas escucharon en los maitines? ¿No tenía, acaso, algo que no era de este mundo? Sonó otra vez serena y apacible la palabra de la abadesa dando buenas razones para calmar el terror de la clavera y aconsejarle que se fuera a su celda a rezar unas oraciones para que bajase a su alma el reposo de que tenía gran necesidad. Ya sola la abadesa caviló un buen rato. ¿No sería esa monja extraña alguna persona que con fines aviesos se había introducido en la casa? ¡Jesús nos cuide! A poco apagó su vela y le llegó el sueño.

Para no poner alarma en el convento mandó al día siguiente a la acongojada clavera no decir a nadie nada de aquella monja misteriosa que diz que había visto, ya que ninguna hermana reparó en su presencia, aunque sí estaban todas sorprendidas por el canto maravilloso de la víspera, sin pensar que interviniera en él lo extraterreno. En el convento capuchino seguía asentada la paz. Fuera de la abadesa y la clavera ninguna otra monja había perdido la dulzura apacible de su serenidad. Aunque la abadesa contó y volvió a contar sesenta y seis enclaustradas un ligero temblor le corría por el cuerpo, poniéndole escalofríos. Todo el día se lo pasó meditando, llena de sobresaltos. A las doce de la noche, según lo mandado por las constituciones de la casa, fué al coro la comunidad entera para celebrar maitines.

Las seráficas voces entonaban sus latines melodiosos, cuando de pronto sonó magnífica la misma voz de la noche anterior. Cantó primero con un tono de inefable ternura, después vibró con variadas inflexiones de angustia y dio fin al rezo alargándose en un sollozo. Salieron las monjas al claustro y la abadesa las fué contando una a una, y sí, eran sesenta y siete, como lo dijo la madre clavera. La llenó un pavor helado que le apretaba el corazón. Quiso hablar y el miedo le congeló las palabras. La comunidad se dio cuenta de aquel ser extraño, algunas madres dieron leves gritos y todas, sin sangre en el cuerpo, se santiguaban tres cruces y sentían en sus frentes el vuelo del misterio.

La abadesa empezó a caminar maquinalmente como traída por una fuerza irresistible de la que no se podía sustraer, detrás de aquella monja que iba deslizándose suavemente por el claustro. Era una sombra espesa y lenta, entre la oscuridad de la noche. Bajó por la ancha escalera de piedra, cruzó por el patio, se fue por un largo pasillo, entró en otro patio con cipreses, se metió por un estrecho ambulatorio y salió al cementerio. A la abadesa la ahogaba la angustia. La vió que al fin se detenía junto al vasto pedestal en que asentábase una enorme cruz que amparaba la quietud de las tumbas. Se le acercó decidida, sin dejar la oración que traía en los labios temblorosos, y cuando estaba casi a su lado para hablarle, se deslizó aquella sombra animada y perdióse detrás de un rosal en flor. Muy resuelta buscó y rebuscó por todo lados la superiora. Había desaparecido el fantasma, como si la tierra se la hubiera tragado. Se arrodilló al pie de la cruz y empezó a elevar su alma en oraciones.

Cuando la valerosa madre refirió lo que le había acontecido, la comunidad entera se llenó de espanto, se le encarceló el corazón de congoja. Unas monjas, como la noche pasada, daban leves gritos, otras estaban próximas a entrar en un desmayo, y todas, sin espíritu, robadas y enajenadas de sí, tenían grandes temblores y las empapaba el sudor helado del espanto. Se fueron a sus celdas, obedeciendo el mandato de su prelada y el sueño no le cerró los ojos a ninguna.

Al otro día no hubo sosiego en la santa casa de las madres capuchinas. Todos los espíritus estaban alterados, presos de terrores sin fin. Nadie acerba a decir el caso con demasiado miedo. Toda lengua era balbuciente y tartamuda. En aquellas inacabables tribulaciones ponía el continuo chorrillo de fuente su ligero cantar. La superiora mandó a su afligida grey que orara porque —le dijo— "el misterio de la eternidad nos ronda y la muerte está en medio de nosotras".

Pasaron el día entero todas las religiosas entre grandes zozobras y mortificaciones. Andaban metidas en perpetuos temores. No dejaban de orar, llenas de una angustia opresora. Temían que llegara el instante lleno de terror de los maitines. Apenas si probaban sus parcas comidas, pues el miedo les tenía extinguido todo gusto. Entraron por fin en su rezo nocturno con el coro lleno de sombras. La inquietud de las llamas de las velas estaba acorde con el temblor de las pobres carnes maceradas por abstinencias y ayunos y que desgarraban constantemente disciplinas, cilicios y otros terribles rigores, con los que tenían paciente, grande y saludable purgatorio. El órgano lanzó su música, grave y honda, y las señoras monjas empezaron su canto; pronto lo dejaron porque brotó acongojado el de la monja extraña. Ella sola era la que cantaba con penosa ansiedad. En su voz se retorcía una larga angustia que parece iba a reventar en sollozos. Las sores rezaban con palabra trémula, ahogada entre el miedo. Se extinguió aquel martirizado canto y el eco alargó las últimas notas entre la sombra que llenaba la gran oquedad sonora de la iglesia con el aleteo de la tímida lucecilla del sagrario.

Salieron las religiosas del coro, y la madre abadesa fué siguiendo a la encubierta monja por claustros, patios, cruceros y pasadizos, y al llegar al cementerio le dijo con voz firme, segura en el mando:

—Si perteneces al convento, dime quién eres y obedece a tu abadesa; pero si no eres de este mundo, te conjuro por el santo nombre de Dios a que me digas quién eres y qué deseas.

Se le acercó decidida, y con mano que no tenía ni una sola vacilación, le alzó el tupido velo que le cubría el rostro y vio la cara amarilla y enjuta de un cadáver. La abadesa se bamboleó, lanzando un largo grito de terror, que se estampó en la noche. ¡Jesús mil veces! —dijo con voz angustiosa— ¡Si es la hermana Sor Luisa del Sacramento, que murió apenas hace unas cuantas semanas! Pero la superiora pronto recobró su fortaleza y con voz anhelante pudo decir:

—Hable, hermana, hable.

—Más vana y frívola que yo, no ha habido ninguna mujer en el siglo; no podía haberla. A la mayor coqueta le echaba el pie adelante y le sobresalía con ventaja. Complacíame en hacer brotar el amor en muchos hombres, sólo por burlarme de ellos, pues después, llena de risas, los abandonaba sin asomos de piedad, porque gustaba mucho de la amargura ajena. Dos de mis constantes enamorados, que fueron blanco de mis risas y mofas, abandonaron para siempre México, se fueron no sé para dónde, ni tampoco me importó saberlo; alguien me dijo que surcaron tierras y trasegaron mares; otro, se metió fraile dominicano; otro, vino a hacer desastrado e infeliz, y disparóse, el muy zonzo, un pistoletazo y se acabó la vida, y a otro, como si también ésta se le hubiese extinguido, porque estuvo privado de seso y de juicio, y aún se encuentra fuera de sus sentidos entre los locos del hospital de San Hipólito. De todo esto sentí yo una satisfacción íntima, un halago complacido, pero me llegó mi hora, mi hora fatal, y me vi herida e inflamada de fuerte amor. Un gran cariño me ganó el corazón y la voluntad; se me enternecieron las entrañas y padecí lo que nunca había padecido, sin linaje de alivio, porque jamás fui correspondida en mi pasión. No, jamás pude hacer mío a ese hombre que me arrebataba el alma porque con haberlo visto tan sólo una vez, me robó para siempre la libertad. El que me avasallaba me dejó sin albedrío. Se iba a desposar, ¡oh, Dios!, con otra mujer, cuando, de repente, salió de la vida. La muerte lo tomó de sobresalto, lo arrancó de una incomparable dicha, y yo no lloré una lágrima, sino que tuve el alma llena de regocijo en el pecho. Bebía el raudal del deleite, porque preferí verlo muerto que feliz al lado de aquella mujer tan aborrecida por mis celos desordenados y torpes. Cuando contemplé el desesperado dolor, las mil ansias y lástimas con que lloraba, con los ojos hechos dos fuentes, al que yo quise con tan arrebatado amor, sentí de pronto dentro de mí una voz secreta que llamábame dulcemente a la quietud del convento. Ya el corazón me hervía de congoja. Sufrí mi soledad durante algunos meses, hasta que un día vine a caer desalentada, rota y dolorida, a las puertas de este manso asilo de paz. Estuve tranquila algún tiempo; pero después, a la hora de los maitines, siempre a esta hora, me era del todo imposible alzar una plegaria, así fuera corta, porque el recuerdo de aquel hombre hermoso bajaba deliciosamente a mi memoria, y me estaba complaciendo, llena de delectación, en contemplarlo en mi recuerdo; ya lo subía a la esfera de los ángeles, ya me soñaba entre sus brazos fuertes, con lo que experimentaba soberanas dulzuras. Tan luego como llegaba al coro, se me olvidaban todas las cosas de este mundo, y la memoria me devolvía fielmente el grato depósito que le había confiado, y me hacía pisar rayos de luz y manojos de rosas. El amor a un hombre era más vivo, mucho más, que el amor divino. Conocía mi pecado, mi enorme y grave pecado, y, no obstante esto, me fascinaba el recuerdo de mi grande y único amor en la tierra. Estaba en deleites y gozos al evocar sus actitudes gallardas, el blando mirar de sus grandes ojos garzos, el cariñoso sonido de su voz, sus manos lentas, finas. Así meses, así años. Al fin la muerte me hizo despedir mi vida amarga, y fuí condenada, para purgar mi falta, a volver al coro de este convento todas las noches y elevar, con la fe de un alma angustiada, las plegarias rituales que descuidé en tanto tiempo. Debía durar mi penitencia en la tierra hasta que una abadesa tuviera la suficiente valentía para hablarme, me concediera su perdón y, además, orara con toda la comunidad para el descaso de mi pobre alma condenada. Ya lo sabe todo, madre abadesa. Tenga ahora misericordia de mí; conduélase de mi largo sufrir; perdóneme y sea muy servida de orar por mi reposo. Olvídese de mi maldad y muéstrese exorable a mis ruegos. Admítame en su gracia.

Como en éxtasis, había oído la madre abadesa aquella voz del otro mundo; se puso de rodillas al pie de la cruz y rogó mucho tiempo, y cuando alzó la cabeza, estaba sola en el cementerio, en el que caía la luz blanca de la luna, y un aire suave esparcía la leve fragancia de las rosas. Ya ante la alucinada comunidad, dijo con palabras en que había una empañadura de susto:

—Nuestro auxilio lo reclama con grandes ansias una alma arrepentida; quiere oraciones para salir de penas. Que cilicios y disciplinas destrocen nuestros cuerpos en remisión de sus pecados, y nuestras oraciones los laven, para que la pobre tenga ya paz en su padecer. Tiendan sus reverencias la red de la oración. La oración, ya lo saben, no halla desvío en Dios.

Aquella fué una noche de grandes, de terribles penitencias en el convento capuchino, y también lo fué el día siguiente. Pasaban las monjas por punta de espada, por entre lanzas, por hornos encendidos. La súplica se elevó al

Señor, como el incienso de aquellas almas puras. Cuando llegó la hora de los maitines, las monjas se dirijieron lentamente, y temblando, a la iglesia. Principió el cántico ritual y sonó límpida y serena, sin matiz de angustia, la voz misteriosa de la difunta; ya no era como desesperada imprecación, sino que temblaba con ella una felicidad gozosa. Al terminar el oficio, salió la primera con el velo sobre el rostro, y se fue muy despacio, delante de toda la comunidad; parecía como que deslizábase blandamente sobre el piso enlosado de rojos mazaríes. Se le vio meterse por el negro cubo de la escalera, atravesar después el patio y deshacerse en seguida entre las sombras del estrecho pasadizo que iba a dar al cementerio. El espanto anegó a las monjas; se veían con ojos trémulos, perplejos; alguna se puso a sollozar. La fuente cantaba.

PROTECCIÓN ABNEGADA

Esto que voy a relatar aconteció en una casa de la calle de las Escalerillas, como en el tiempo antiguo se le llamaba a la que corre por detrás de la Catedral y que ahora es la primera de las que forman la extensa Avenida de Tacuba. No se sabe cuál es la casa de las muchas que hay allí, al menos yo no lo sé y poco importa lo que haya sido en ésta o en la de más allá o en la de más acá; lo que interesa es el sucedido mismo, que paso a contar con mi natural desmaña.

Una esclava negra era la experta cocinera que servía en esa casa principal que no sé cuál es. Cada vez tenía nuevas maneras de aderezar el manjar, porque era gran guisandero y por extremo limpia. En todo ponía muy cuidadoso aliño, y con sus guisos y dulces dejaba satisfecho al más dificultoso de gusto. Le daba a las viandas muy exquisito sabor, porque con sus almodrotes las sabía dejar en el delicado punto de sazón que era debido, y con sus especiales condimentos, matices y sabores, las convertía en imponderable delicia del paladar. Sus confituras, mermeladas, conservas, compotas y demás antes y postres, eran regalo de ángeles, pues tenía ella gran saboreo de lo dulce, don que no poseen muchas bocas. Aquel que probaba lo que salía de sus manos elegidas, ya era un cantor o panegirista suyo, digno de la eminente dignidad de lo que elaboraba, siempre con arte y sutileza.

No sólo daba gusto comer sus guisos de excelsos colorido y anhelante. Venía bañado de palidez, teñido como de horror. Estaba flaco y acorbado. Con voz suplicante y apresurada que le entrecortaban los acecidos, pidió a la esclava que lo escondiera pronto porque gente indignada lo seguía muy de cerca para matarlo, pues acababa de quitar la vida a un negro. Dijo que de entre sus perseguidores salió a todo correr y entróse por el zaguán de esa casa cuyo portón estaba, afortunadamente, abierto; que pasó con gran prisa por el patio y puso toda su inteligencia en sus pies, huyendo escaleras arriba hasta no dar con la cocina, y que por San Ceferino, su patrón, y por toda la Corte Celestial, rogaba, porque veía muy de cerca la muerte, que lo ocultara de la presencia de sus airados perseguidores.

La negra lo envolvió, afable en una amplia mirada de ternura, dolida por la desgracia de verlo indefenso y perseguido, a pesar de que había dado muerte a un ser de su misma raza; lo golpeó con tenues golpecillos un hombro, para con ellos infundirle confianza y quitarle el temor. Con suavidad maternal lo tomó de una mano y lo metió, muy solícita, en una alacena y le repitió las cariñosas palmaditas, pero ya en el pecho, en tanto que le sonreía con amplia bondad. Después de haberlo encerrado continuó muy tranquila en el complicado aderezo de su guisado, para el que se puso a picar, como si tal cosa, tarareando un son monótono y pueril de cuando niña, culantro, tomillo y hojas de laurel que iban a poner expresivos matices de sabor en ese plato que siempre condimentaba con toda pericia.

Se oyó en el patio un tupido vocerío entremezclado con un largo rastrear de pasos, que llenó todo el vasto silencio de la casa; pero la negra continuaba con su tranquilo disimulo, entregada por entero a su sabrosa actividad, cuando, por encima de esa alharaca, pasó la voz severa de su amo, después la meliflua y delicada de la señora. Decayó el alboroto con el autoritario mandato de esas voces y sólo quedó cerniéndose en el aire un confuso murmullo. Oyó la esclava que la llamaban y pensó que sería, sin duda, para que satisficiera a la curiosidad, pero como no la tenía, ni tampoco le interesaba la causa de aquel bullicio y run run, continuó con dedicación su trabajo, atenta únicamente a su importancia singular.

Hasta muy cerca de la cocina llegaron los pasos y el murmullo; en esto oyó el llanto, seguido de un largo alarido de dolor, de otra esclava, y barruntando desgracias salió por la puerta y quedóse en el quicio clavada por el estupor al ver a su hijo muerto y ensangrentado. Se hallaba cruelmente bañado en su sangre, que del ébano del pecho se desparramó hacia todos los lados en chorros bermejos que le tiñeron hasta los zapatos. Tenía una feroz puñalada en el corazón, y por la roja abertura llena de coágulos se le fué la vida entre espesas oleadas de sangre que todavía le manaba empurpurando el suelo con su crúor. La angustia penetró en su alma con tanta violencia que la dejó azorada, con la boca y los ojos abiertos. Después, apretándose las manos, empezó a hacer significación de su dolor. Era acerba y rigurosa la pena que padecía. Brotaron sus ojos fuentes de lágrimas, y llamó muy a voces y desconsolada a la Virgen. Pero no hubo en la buena mujer ni una palabra, ni el más leve movimiento que pudiese delatar al criminal que tenía oculto, sabiendo ya que era el aleve matador de su hijo.

Pidió, entre sollozos, que lo llevaran a su habitación, y cuando se fueron con el ensangrentado cadáver que iba escurriendo sangre y con él se alejaron los criados que henchían el aire de clamores y suspiros, se marchó hacia la cocina, arrastrando lentamente sus pasos por el peso de su angustia y abrió el escondite del criminal, y viéndolo a través de sus lágrimas, con ojos cargados de tristeza, y sin decirle palabra, con sólo el ademán, le indicó que se fuera. El asesino arrancó a correr a toda furia. Tanta fué su ligereza, que pronto salió de la casa y desapareció de la calle.

La generosa mujer puso a salvo su vida sin hacerle un reproche, ni dar un lamento, ni decir una querella. Con la cabeza baja, goteando lágrimas y deteniendo sollozos, lo vio partir. Era una figura lastimera aquel humilde ser desamparado, noble y magnánimo, que sufría sin quejarse, lleno siempre de cordial mansedumbre. Insensible sería el que no tuviera pesar y dolor viendo así a la pobre esclava. Cayó al fin de rodillas y dio más libertad al sentimiento. Lloraba un llanto manso y callado, copioso, toda doblada sobre sí misma.

La destiladera, en un rincón del corredor, dejaba caer, con un claro son, su gota rítmica y contínua que parecía iba marcando el compás de algo desconocido e invisible.

A CAMBIO DE LA AFRENTA UNA FORTUNA

Unos dicen que lo que refiero en esta historia es verdad, y otros afirman que es mentira completa. Que es una pampirolada. Yo lo cuento sin quitar ni poner, y el que quiera creerlo que lo crea y el que no con su pan se lo coma y santas pascuas. Yo no comento; como me lo contaron lo cuento. Y allá va la cosa.

Don Martín Arellano era aficionado a los yantares abundantes, y después de uno de muy colmada variedad de platos en celebración de los días de un su amigo, tuvo un enorme disgusto no sé por qué negocio, con lo cual le dió un ataque de perlesía que lo puso de por vida clavado en un sillón y con voz tartajosa. Desesperábase don Martín porque no le entendían sus palabras. No podía conversar por lo muy tartamudo que estaba; le vedaron comer lo suculento que le venía en deseo, por justo temor de los señores médicos de que le volviese el mal y con él entregara el alma. Anhelaba por todo y no tenía idea de lo que dábale contento. En ninguna cosa hallaba quietud y paz don Martín Arellano. Comprendió bien el pobre señor que no volvería a entrar en la salud, tan lozana en otro tiempo. Tenía las esperanzas por perdidas. Su mal le rindió a la desventura y fué vencido por ella. Era menester de mucha paciencia y sufrimiento para llevar tan duros encuentros.

Don Martín Arellano jamás contrajo vínculo de matrimonio; siempre se mantuvo en una soltería esquiva, pero su vivir era limpio, recatado, muy lejos de cosas ilícitas. Se ocupaba en negocios mercantiles, siendo todo su tráfico y trato el de la seda. De estas ventas tenía sus provechos. Multiplicó hacienda fácilmente. Hallábase en su poder considerable suma de dinero, numerosas casas en las mejores calles y extensas fincas rústicas, con las que topaba grandes utilidades. De todo le iban resultando ganancias copiosas. Tenía un hermano, torpe, inhábil, apocado, y el muy inútil decía que la fortuna estaba a toda hora en su contra, pues cosa que él emprendía salíale enteramente al revés de como la imaginó. Su mala estrella diz que siempre lo llevaba al fracaso. En una epidemia de cocolixtle se le murió la esposa, y el pobre hombre quedó sepultado en la tristeza de su ausencia. Este dolor le aceleró su fin. Unas recísimas calenturas lo trasladaron a la otra vida. Dejó una hija huérfana, Trinidad, a quien don Martín se llevó amorosamente a vivir consigo. Fué como otro padre para la desdichada doncella.

Pero esta desdichada era altiva, dura, cruel, siempre empedernida y obstinada en su orgullo. Los regalos y caricias de su tío los recompensaba con crueldad. De los criados se hacía temer con malos modos. A todo el mundo trataba con altiva descortesía, pero con don Martín se esmeraba en estar más agria, más áspera; siempre veíalo con gesto torcido y airado, no le hablaba sino con desprecio y ajamiento. Creeríase que le hizo un daño muy grande con haberla tomado debajo de su protección y amparo, con haberla puesto en salvo de la miseria que se le acercaba a todo paso y con hallar en él tan buena acogida. Le hablaba don Martín y doña Trinidad le volvía las espaldas; jamás le daba contestación a sus preguntas, se hacía la muy sorda, y si respondíale, era sólo con palabra aceda y cortante. Huía de mirarle. Muchas personas, al ver este necio comportamiento decían que Don Martín no era quien daba cariñoso amparo, sino que ella era la que favorecía a don Martín.

Los lujos que gastaba doña Trinidad salían de la bolsa generosa del tío, quien jamás corrió los cordones para que la damisela metiera la mano hasta el codo. A sus derroches constantes no les puso jamás tasa, sino que, muy al contrario, se complacía en verla crujir sedas, arrastrar brocados, resplandecer de joyas. Por ociosidad se componía con gran cuidado y no andaba sino llena de adornos y atavíos de mucho precio. No quería vestirse sino con mayor suntuosidad que las elegantes de México, lucir y ser admirada. Cada día inventábase nuevas y vistosas galas, se desvanecía por un vestido rico. No se trataba más que con esplendor y lustre. Ocupada siempre en el cuidado y regalo de su persona, en arrebolarse el rostro, en componerse los rizos, perfilarse las cejas y pulirse el lunar, curarse las manos con varios cebillos olorosos para aumentar su deliciosa tersura, daba todas las riendas a la vanidad.

Se entregaba solamente a sus atavíos y a comportarse mal con su tío que generosamente le dió la mano para que saliese de la pobreza en que la dejó hundida su padre. Estaba doña Trinidad compuesta de vanagloria, altivez y fiereza. Se gozaba con el deleite de las alabanzas, que, como tenía dinero, no le faltaban —a nadie que lo posee le faltan—. Estaba muy ensoberbecida; embriagada de presunción, pretendía acocear a las estrellas. Como todos estaban convencidos de que iba a suceder en los bienes de don Martín, ya que este buen hombre no tenía más herederos que ella, no le faltaban interesados pretendientes que melosamente la halagaban, aspirando a ser sus maridos, pero a todos los despedía por igual, haciendo crueles burlas de sus personas. Los que aspiraban a enamorarla salían hechados de mala manera, después de haberlos traído al retortero. No admitía su orgullo ningún cortejo, cualquiera que fuese lo estimaba en muy poco, valía lo que un pelillo, o una pelusa, o un comino, y los tenía por tontos y mentecatos, cerrados de ingenio. Así, por dondequiera, iba sembrando malas voluntades. Se abominaba de ella. Parece que este era su puro gusto, y también el demostrarle odio a su tío. Le tenía mortal aborrecimiento. En viéndole se le quemaba la sangre, y viniese o no al caso, le decía la muy mentecata frases duras, abominables groserías. No lo podía querer peor. Siempre estaba enconada con don Martín, profesábale entrañable aborrecimiento. Era como una enemiga declarada, siendo que no recibía de su tío sino abundancia de bienes, bondad y ternura constantes, y a pesar de sus óptimos favores no le entraba más de los dientes adentro. Le tenía acerba ojeriza y estaba embravecida contra él.

Don Martín, lleno de tristeza, se veía sin razón despreciado y aborrecido por su sobrina, tonta y vanidosa, y sufría lo indecible con estos constantes y estupendos agravios. A cada paso eran desafueros y desacatos los que recibía de doña Trinidad. No usaba con él sino injurias y de desmesurada insolencia. Dábale perpetuamente en los ojos con las ofensas. Doña Trinidad tenía desterrado de su pecho el agradecimiento, la prudencia, la caridad. No estudiaba sino cómo agraviar a don Martín; jamás tuvo otro pensamiento de cómo hacerle daño. No hacía sino descomedirse, y cada día lo trataba con menos acatamiento. Probaba su ingenio y fiereza en hacerle mal. En él hacía experiencia de injurias.

Con su espinosa lengua lo hería a todas horas. Don Martín estaba muy resentido, como no podía ser menos, con su sobrina. Le dolían como grandes heridas todas aquellas ofensas injustas, aquellos agravios continuos; pero un día salió de sus melancolías y sonrió largamente; se quedó luego pensativo y dió al aire una ruidosa carcajada.

Bañado de alegre risa dijo que lo pusieran ante una mesa porque quería hacer su testamento, y estuvo largo rato para escribirlo por la dificultad de sus manos entorpecidas por la perlesía. Dobló el pliego con mucha curiosidad, lo lacró por varias partes y le puso no sé cuántas firmas, rúbricas y sellos con su estampilla. Cuando hacía todas estas dilatadas operaciones daba grandes muestras de alegría. Mandó llamar a un escribano y le entregó su última voluntad para que la depositara en su protocolo, no sin que la risa le siguiera haciendo gorgoritos en los dientes. Continuó durante el día dando constantes demostraciones de gusto en lo risueño. Él decía que era gozo y contento traído del cielo.

Doña Trinidad continuaba maltratándolo, siempre desdeñosa y zahareña; seguía despidiendo pretendientes, y a toda hora se hablaba de la ostentación de sus lujos. Creyéndose dotada de inestimable belleza estaba segurísima de ser dechado de toda beldad, por lo que entre mil echaríase de ver y se la descubriría sin esfuerzo. Siempre se creyó en el paraninfo de la gloria, y sobrepujar en todo y tener debajo de sí a los demás. Don Martín enfermó, y ella, como era natural, estaba llena de dicha; se le desbordaba el contento, sabiendo que no tenía remedio su tío con aquel mal que de repente le acometió con fuerza. A nadie le ocultaba el gusto, casi daba saltos de placer. El nadie le ocultaba el gusto, casi daba saltos de placer. El corazón se le dilataba al pensar que iba a ser dueña absoluta de inmensa fortuna, con la que tendría grande autoridad dominativa sobre todo el mundo, que pendería sólo de su albedrío. Se hallaba en las cumbres de la bienandanza cuando entregó el ánima Don Martín de Arellano. Ya doña Trinidad tenía el cetro y la corona.

Pasaron días y se abrió por fin el corto testamento hológrafo. Creyó morirse de berrinche doña Trinidad. Gritó y pataleó desaforadamente. Don Martín Arellano la dejaba dueña absoluta de sus muy cuantiosos bienes, siempre y cuando, con el más lucido de sus trajes y adornada con las más esplendorosas de sus joyas, fuese a la plaza de Santo Domingo, en donde se alzaría previamente un elevado tablado, y encaramada en él diese una voltereta en el aire —manchincuepa, que se le dice en México. En ese acto tendría que tocar una música de viento, y dejaba un gran legado de varias casas y dineros a la Ciudad para que se consintiera en que se alzara este armazón o castillete, y también para que anunciase ampliamente, a voz de pregonero, el magnífico espectáculo. A doña Trinidad casi le dió un soponcio al oír semejante cosa, y estuvo más cerca de una pataleta cuando el notario leyó que si se negaba a dar en público aquella maroma perdería totalmente la herencia, que recibirían íntegra estos y los otros conventos de monjas y frailes. Doña Trinidad azotaba como una víbora. Con mayor rabia del mundo le echaba maldiciones feroces a su tío; vertía ponzoña por la boca. Con encendido furor se le abrasaba el alma. Prefería fallecer mil veces y andar a un pan pedir que soportar semejante ludibrio. La ira la sacaba de compás y proporción. Por mil resquicios reventaba centellas. A ella no se le humillaba así.

Decía esto y otras mil cosas terribles. Días y noches se puso a considerar con frialdad el caso, y pasó una gran batalla dentro de su pecho. Quedaría pobre y se reirían grandemente de ella. Se mordía las manos de despecho y lloraba de puro coraje. Pensaba que la vergüenza sería de un momento mientras que las riquezas sí serían para siempre. Estaba llena de estas grandes dudas y perplejidades. Hallábase irresoluta y confusa con las razones que se daba tanto en pro como en contra y no salía de su irresolución. Vacilaba sin decir nada. Encontrábase como en ruedas versátiles, sin declinar a esta o a la otra parte. Al fin comenzó a blandear en lo que antes hablaba con firmeza. El temor a la miseria la hizo decir que sí, desoyendo las voces altivas que le daba su orgullo. La conveniencia se opuso a la dignidad. Bajó la dama la cresta de su soberbia.

Se alzó el tablado y la noticia fué corriendo alborozada por toda la ciudad. Iba por las calles, saltando de un lado a otro, se metía rápida en las caras y levantaba risas. La plaza de Santo Domingo se llenó de mar a mar. No cabía en ella ni un grano de arroz. En ventanas, balcones y azoteas se arracimaba la gente curiosa de ver la humillación de aquella mujer que se creía superior a todos y no veía sino con desdén y muy por encima del hombro. Berreaba una desafinada charanga entre los sones vibrantes de los platillos y los roncos y pausados de un bombo. Se presentó doña Trinidad con un gran traje de capichola verdemar bordado con flores de oro, lleno de trepas de encajes y brilladoras ondas de galones. De su pecho, muy levantado, salían las luces de las joyas; las había también fulgentes en su cuello, en sus orejas, en sus pulsos y dedos.

Subió al tablado con aplomada decisión en sus pasos, y hacia todas partes derramaba el desprecio de su mirada fría. Iba descolorida debajo del rosicler de su colorete. Se inclinó hasta no poner en el tarimón la cabeza llena de rizos, de plumas y de lazos afianzados con pinjantes de pedrería, y echando rápidamente los pies hacia arriba dio con mucha soltura una muy gentil voltereta que envidiaría el más hábil volatinero. Después de trazar sus piernas ese rápido semicírculo, cayó de espaldas con ruidoso batacazo entre un confuso rumor de sedas estrujadas. Se alzó oyendo las inmensas risas del gentío. No tenía fin el carcajearse de la multitud, y no hubo uno solo que no hiciera de doña Trinidad burla y larga mofa; la injuriaban con palabras y visajes. La traían como ejemplo de risa y escarnio en todas las conversaciones. Ella lo sabía y se le llenaba el corazón de hieles y amargura.

Decían por todas partes que la lucida voltereta que echó la había ensayado mucho en su casa para darla con ligereza en el cadalso y acabar pronto con la oprobiosa humillación que le impusieron y que aceptó para no lidiar con la miseria. Mostrando una braveza grande y mordiendo casi las piedras de rabia, se subió a su carruaje; echaba fuego por los ojos y abanicábase sin cesar con acelerados movimientos. Se metió en su casa, bramando dentro de sí como una leona. Ciega de enojo, no podía hablar palabra.

Quedó opacada y abatida, ajado el altivo penacho de su soberbia. Aquellas groseras risadas que la corrieron y avergonzaron tanto, no le acortaron la presunción. No descendió a otra grada más baja. El orgullo es más costoso que el hambre, la sed y el frío. Metióse en su casa a reconocer rabias y no salió jamás. Todo el mundo hacía conversación y donaire de su apartamiento. Ya no tuvo convites para comidas, paseos y saraos; ya no tuvo pretendientes. Nadie se le acercaba. La presunción y vanidad cayeron de su trono.

Al verse despreciada y sola, sin mano amiga que la sacara de su humillación, pues todos eran a perseguirla no sólo con burlas sino con baldones y ultrajes, vendió todo lo que tenía y se fué muy de ocultis, sin que se supiera cuándo, para la Tierra Firme, aunque otros dijeron que a Castilla del Oro. Se marchó la altiva y desdeñosa dama, pero a la calle en que estuvo su espléndida morada se le dijo de la Manchincuepa, por la que echó interesadamente ante todo México para retener una suculenta fortuna.

Hoy la calle de la Manchincuepa es la tercera de la Soledad.

LAS PALOMAS

Ése sí que era dolor. ¿Cuál otro más grande que ese dolor? ¡Pobres monjitas catalinas! Su tribulación no tenía límites. La angustia les llenaba la dulzura de su alma que se revolvía en suspiros y en lágrimas. Se apretaban las manos sobre el pecho y volvían los ojos al cielo en demanda de remedio divino para sus congojas. Tenían el alma partida y despedazada con el cuchillo del dolor. No hallaban sosiego; perdieron el suave encanto de su paz. En el apacible retiro de su convento no había más que quejas tristísimas, y en el jardín el surtidor —indolente mimbre de cristal—, al caer en el ancho tazón de piedra, las glosaba con su voz leve, clara y musical, entre los cipreses, los mirtos y los rosales que, desde lo alto, dejaban caer sus pétalos como llevando el compás a un oculto ritmo de melancolía.

¿Cómo no habían de estar afligidas las señoras monjas de Santa Catalina de Siena? ¿Cómo no habían de evacuar su tristeza por lágrimas? ¿Qué llanto hubo como aquel llanto suyo tan sentido y doloroso, pues ya nadie profesaba en su convento? Ésa era la causa de sus penas; por eso se les deshacía el alma en tierno lloro. Pasaban meses, pasaban años y ni una doncella siquiera acercábase a las puertas de esa santa casa a pedir el blanco hábito de novicia. Grandes quebrantos hubo en sus capitales y estaban ya en muy apretada necesidad. Su procurador los tenía impuestos en hipotecas de unas haciendas de junto a un río que creció de pronto con las lluvias del verano, y, saliéndose de madre, anegó las buenas tierras de pan llevar, y por ellas abrió cauce; otros abundantes dineros del convento a excelentes tenía en préstamo un señor que daba excelentes réditos, y, de pronto, para salir de una buena vez de esa y de otras deudas, se fugó de México y sólo Dios supo adónde fué a dar el tracalero.

Con todo esto habían bajado los haberes de las monjas y estaban menesterosas. Por eso era que no tenía límites su angustia ni medida su tristeza. El tormento les hacía los ojos fuentes de lágrimas. Sus vidas casi se desbarataban con el viento de la tribulación. No había ya santo del cielo al que no hubiesen rogado que les concediera un remedio para sus males, para que las detuviera, misericordiosamente, en la caída de aquella pobreza en la que se iban sumiendo cada vez más y más y que les ponía en congoja su amoroso corazón.

En su coro alto, en cuyas entramadas rejas de hierro estaba prendido, y muy lleno de sangre un crucifijo de grandor natural, que tendía por toda la áurea iglesia la suavidad de su mirada dolorida, en ese coro apenumbrado y fragante, estaba sobre un barroco repisón dorado, con múltiples cabezas de rizados querubines entre la profusa complicación de follajes de acanto y de vid, una virgen de bulto, de ampuloso faldamento de los de alcuza, y elevada corona de oro toda en nimia filigrana que encendía el repentino fulgor de diamantes y rubíes. Su rostro era sereno, con una inicial sonrisa prendida en los labios que les allegaba gracia, y los brazos abiertos en señal de acoger.

A esta bella imagen la llamaban las religiosas la irgen del Coro, porque desde que se fundó ese monasterio dominico —año de 1593— jamás había salido de entre flores constantes de ese lugar limpio y oloroso.

Siempre que las monjas entraban en el coro para las funciones de cantar o bien para rezar el oficio u oír las misas, o practicar otros santos ejercicios de comunidad, o ya para hacer oración, o velar desde allí al Santísimo Sacramento, le hacían muy especial reverencia, como a su prelada —que en esa consideración la tenían todas las señoras de ese monasterio—, bajaban humildemente la cabeza e hincábanse de rodillas para reverenciarla.

Se hallaban una tarde en el coro, cantando sus laudes y completas. Sacaban de su dolor voces de limpia claridad. La iglesia resonaba suavemente estremecida por la música del órgano, con la que se mezclaban los cánticos rituales que salían por las altas ventanas a la mansa dulzura de la tarde, toda de oro y azul. De pronto, por una de estas ventanas enrejadas, penetraron unas palomas blancas: eran ocho. Anduvieron revoloteando como asustadas por todo el templo con aleteo sonoro, y luego se posaron en el áureo retablo churrigueresco del altar mayor, decorándolo con su blancura. En la saliente y complicada cornisa quedaron en fila, quietas, moviendo apenas sus cabecillas y sus inquietos ojuelos negros, ribeteados de rojo, que eran como cuentas mojadas. Parecían cosa de milagro.

Las monjas suspendieron sus dulces cánticos latinos y mirándolas se quedaron extáticas. Sólo el órgano no interrumpía su música liviana y clara. Una paloma se desprendió del altar; tras de ella tendió otra su vuelo, en seguida la siguió otra, y después de éstas las demás, todas en hilera. Una línea sonora y movediza era la que venía por el aire, y al pasar por entre el raudal de luz que bajaba de los vitrales incendiados por el sol del Ocaso, se teñían momentáneamente de azul, de rojo, de amarillo, de verde, de morado, y en el acto tornaban a su blancura limpia. Se metieron en el coro por entre los entrecruzados barrotes de hierro de la reja que lo ensombrecía misteriosamente. Por el mismo hueco entraron todas las palomas y se fueron a acoger debajo de la amplitud del manto de la Virgen, de rameado tisú de plata, y aleteaban levemente y zureaban, como queriendo expresar alguna cosa con aquellas voces y aquellos ligeros movimientos. Las religiosas quedaron suspensas y atónitas, llenas de imponderable admiración. Volvió a alzarse aquel cortejo de palomas blancas y se fué hacia el patio. Unas monjas viejecitas y enfermas, que tomaban en el claustro el gustoso sol de la tarde, las vieron cruzar por el jardín, subir hacia el tejado y enderezar su vuelo a las alturas.

Al día siguiente fué a Santa Catalina un prohombre de la ciudad, que era tutor de una rica doncella que anhelaba entrar monja en esa casa; esa misma mañana quedó de novicia. Por la tarde una señora de las pías bienhechoras del convento y que estaba viuda, tuvo el cristiano antojo de pasar lo que de vida le concediera Dios en la sedante quietud de ese monasterio para encontrar refugio a sus pesares; la hija de un poderoso oidor también solicitó el noviciado, para luego tomar el hábito blanco con encarrujado escapulario y velo negro de religiosa catalina; y así en término breve, llegaron hasta ocho novicias a la apacible casa, las ocho nítidas palomas que entraron en esa morada del Señor, en la que tenaces melancolías traían turbados los corazones y los asombraban. Los capitales que llevaron esas novicias y la dama de piso contribuyeron a levantar la quebrantada fortuna del monasterio; lo que hizo a las cándidas señoras florecer, lucir y aumentarse en todo. Se lozanearon los ánimos con las cosas prósperas, y volvió a asentarse el sosiego en aquellos corazones atribulados. El convento de Santa Catalina de Siena tornó a su paz arcaica.

Tiempo después estaban unas monjas de parleta en la celda prioral a la hora de la recreción, y a una de ellas, a Sor Benita del Dulce Nombre, le vino de súbito un arrobamiento de espíritu. Quedó largo rato puesta en éxtasis, se le fué el alma a lo alto de la contemplación, y cuando tornó en sí dijo con voz trémula, mojada de llanto, que había visto una bandada de palomas blancas que revoloteaban alegres en torno a la Virgen del Coro y que, de cuando en cuando, se iban a esconder algunas debajo de su manto azul de tisú, de donde ya no volvían a salir, que además contó el número de esas palomas y eran veinticuatro.

Nadie atinó con el oculto sentido de esa visión; ni Sor Benita del Dulce Nombre daba en el blanco de lo que podía ser. Con esto se abrió la puerta de la consideración y atareó los entendimientos de toda la comunidad a la inteligencia de esa interpretación; pero, por más que esforzábanse las madres catalinas no acertaba ninguna de ellas a explicarla, por lo que pusieron la solución en manos de Dios; a Él remitieron esa verdad, la dejaron a su inefable sabiduría. Al poco tiempo se le descubrió a Sor Benita la grandeza del misterio impenetrable, después de recias penitencias. Avisó a sus hermanas en religión que se preparasen todas, que estuvieran en la debida disposición, porque dentro de brevísimo plazo habían de morir veinticuatro de ellas; que se hallaran alertas para que la barcar en el segurísimo puerto de aquellas opulentas indias de gloria. Sor Benita del Dulce Nombre partió la última; subió serena a la región de paz. Vivió bien y murió en gracia. Veinticuatro sores fueron las que fallecieron, las que llegaron al lugar deseado, el inmortal seguro, las mismas que había dicho Sor Benita, aunque fueron muchísimas más las que se vieron en grave peligro de muerte únicamente ese número tomó camino para las moradas eternas de la Gloria. Se hizo una rogativa a la Virgen del Coro con el objeto de que cesara el mal y la Virgen le puso fin. La comunidad gozó de reposado sosiego. En el jardín el surtidor —indolente mimbre de cristal—, al caer en el ancho tazón de piedra, glosaba esa quietud monacal con su voz, leve y clara, entre los cipreses, los mirtos y los rosales que desde lo alto dejaban caer sus pétalos como llevando el compás a un oculto ritmo de melancolía.

Leyendas mexicanas, de Artemio de Valle-Arizpe, fue impreso en julio de 2003, en UV Print, Sur 26-A, núm. 14 bis, 08500, México, D.F.